Emma Willenbring

Als Emmi verschwand

Impressum

Bibliografische Information der Deutschen
Nationalbibliothek:
Die Deutsche Nationalbibliothek verzeichnet diese
Publikation in der Deutschen Nationalbibliografie; detaillierte
bibliografische Daten sind im Internet über http://dnb.dnb.de
abrufbar.

Herstellung und Verlag: BoD – Books on Demand,
Norderstedt

ISBN: 978-3-755730453

Emma Willenbring

Als Emmi verschwand

Erstes Kapitel

Es war ein einfaches Heuerhaus mit einer großen Diele. Rechts und links befanden sich die Kühe und ein Pferd. In der Mitte der Diele war eine Schaukel.

Der Schweinestall befand sich separat im Hof. Der Hof lud zum Spielen ein, zum Beispiel mit den Kaninchen oder den kleinen Katzen. Vor dem Haus war eine große Wiese und rechts ein Gemüsegarten. Im Eingang zum Wohnbereich war wieder eine große Diele. Dort wurden die Kinder gebadet in einer Zinkwanne. Es gab kein fließendes Wasser. Das Wasser musste mit einer Pumpe geholt und erhitzt werden auf dem alten Küchenherd in der Wohnküche, der mit Kohle oder Holz befeuert wurde. Es war ein weißer großer nostalgischer Herd. Der Küchenherd machte die Wohnküche warm und gemütlich. Dort war ein großer Tisch.

Alle Familienmitglieder hatten Platz, Eltern, Großeltern und vier Geschwister. Das fünfte Geschwisterchen, ein Mädchen, war unterwegs. Emmi war das zweite Kind und ein Geschwisterchen, ein Mädchen, war unterwegs.

Emmi war das zweite Kind und eineinhalb Jahre jünger als ihre Schwester Johanna. Zwei Jahre später kam Hanna und wieder eineinhalb Jahre später ihr Bruder Paul. Das jüngste Geschwisterchen wurde wieder ein Mädchen, Mia. Das Haus war ein Bauernhaus, aber es wurde zum Heuerhaus, weil es dem Bauern gehörte. Dafür musste Emmis Vater in der Erntezeit helfen. Er hatte aber selber auch Tiere und Felder, die er bewirtschaftete. Die Landwirtschaft machte ihm große Freude.

Nun noch zum Heuerhaus. Neben der Wohnküche links befand sich ein großes Wohnzimmer. Neben dem Wohnzimmer rechts war ein Schlafzimmer für die Großmutter Agnes. In dem Schlafzimmer war ein Doppelbett. In dem anderen Bett bei Oma Agnes schliefen Johanna und Hanna. Links neben dem Wohnzimmer war das Elternschlafzimmer. Emmi schlief im Bett ihrer Eltern bei ihrer Mutter.

Der kleine Bruder Paul schlief ebenfalls im Elternschlafzimmer separat in einem Kinderbett. Emmi fand es immer so schön, wenn ihre Mutter einen leckeren Eintopf gekocht hatte, am liebsten Linsensuppe. Vor allem im Winter war es sehr gemütlich. Einen Fernseher gab es nicht. Abends wurde Mühle gespielt oder Karten. Oft auch vorgelesen.

Den Heiligabend fand Emmi total spannend. Das Wohnzimmer war den ganzen Tag verschlossen. Nur die Eltern Johanna und Gerhard verschwanden immer wieder im Wohnzimmer. Emmi hatte ja genug Platz bis abends in der großen Wohnküche. Aber sie musste doch einmal durch das Schlüsselloch sehen. Dann war es endlich soweit. Das Glöckchen läutete und das Christkind ist dagewesen. Es hat die Geschenke gebracht. Emmi staunte. Es sah so schön aus. Der bunt geschmückte Tannenbaum, der herrlich roch und das Licht der brennenden Kerzen am Baum waren einfach zu schön. Jeder hatte einen Platz mit Geschenken und einen bunten Teller, der herrlich nach Lebkuchen; Schokolade, Apfelsinen und Feigen roch. Man muss bedenken, dass zur damaligen Zeit solche Leckereien etwas sehr besonderes waren.

Es gab keine Süßigkeiten und Plätzchen zwischendurch. Höchstens zum Geburtstag.

Die ganze Familie war zusammen und sang Weihnachtslieder. Dann wurden die leckeren Sachen ganz sparsam probiert und mit den Spielsachen gespielt. Leider waren alle Kinder noch zu klein, um zur Christmette zu gehen, denn dahin gingen alle zu Fuß durch den Schnee. Die Sankt Pauluskirche war drei km entfernt. Später ist die Familie aber immer zu Fuß zur Christmette gegangen.

Die Adventszeit hat Emmi nie vergessen. Die schaffte schon eine weihnachtliche Vorfreude. Emmis Mutter hatte immer einen großen Adventskranz gebastelt, der über dem Esstisch in der Küche hing. Wenn es am Adventssonntag dämmerte, wurde eine Kerze angezündet und es wurden Adventslieder gesungen mit der ganzen Familie. Am schönsten war der selbstgebackene Honigkuchen, der in einer Milchkanne aufbewahrt wurde. Emmi hat viele Rezepte ausprobiert, aber keines schmeckte wie dieser Honigkuchen. Zu dieser Zeit kam auch am 06.Dezember, wie in alter Tradition, Nikolaus und Knecht Ruprecht. Nikolaus hatte ein goldenes Buch dabei und darin vorgelesen, ob alle Kinder artig war. Er fragte anschließend jedes Kind ob es ein gutes Kind war. Dann holte er aus seinem Sack Äpfel, Lebkuchen, Apfelsinen und Nüsse und verteilte sie.

Emmis Mutter, Johanna, musste an der Galle operiert werden. Das war damals noch eine große Operation mit einem Bauchschnitt von 15-20 cm. Sie bekam im Krankenhaus eine Lungenembolie nach der Operation. Es bestand Lebensgefahr und keiner wusste, ob sie das überleben würde. Die Kinder wurden bei den Angehörigen von Emmis Mutter verteilt. Emmi kam zu Tante Emma und Oma und Opa mütterlicherseits. Begriffen hat sie zu der Zeit nicht, warum sie weggegeben wurde. Sie schlief bei Oma und Opa im Bett. Soviel Platz war ja nicht für ein eigenes Zimmer. Wer hatte das schon zu der Zeit. Es war auch gut so, denn Emmi wurde sehr krank. So gut hat sie diese Situation nicht verkraftet. Ihre Geschwister Johanna und Paul kamen zu Tante Josefa, genannt Sefi. Hanna durfte bei ihrer Großmutter Agnes und bei ihrem Vater zu Hause bleiben. Es ist aber alles gut gegangen.

Alle Kinder konnten zurück zu ihren Eltern. Es kam sogar später noch ein Geschwisterchen, ein Mädchen. Sie wurde Mia genannt.

Das erste Kind, Johanna, ging ins erste Schuljahr. Emmi wäre so gerne mitgegangen. Einmal durfte sie mit zur Schule. Die Lehrerin hatte es erlaubt. Sie bekam Stifte zum Malen und war sehr stolz. Es tat sich eine ganz neue Welt auf. In dem örtlichen Kindergarten ist sie nie gewesen. Sie stand oft vor dem Zaun und hörte die Kinder spielen. So gerne wäre sie auch dahingegangen. Vielleicht hatten ihre Eltern kein Geld dafür oder der Weg war zu weit ins Dorf und es mussten ja noch vier Kinder versorgt werden, das Feld bestellt, die Tiere versorgt und der Bau des neuen Hauses kostete viel Geld.

Als Emmi dann zur Schule kam, war sie noch sehr verspielt. Sie bekam als zweitletzte einen Füller, weil sie die Linien beim Schreiben nicht einhalten konnte. Wie sollte sie das auch können, wenn sie nie zum Kindergarten war und keine Stifte hatte um die Feinmotorik zu üben.

Sie wurde aber eine sehr gute Schülerin, die in den Diktaten immer fehlerfrei war und gerne Aufsätze schrieb. Sie bat später zur höheren Schule zu dürfen. Ihre Mutter suchte einen Nachhilfelehrer für Englisch damit sie so in das schon begonnene Schuljahr einsteigen konnte. Sie kam zur Liebfrauenschule, eine Ordensschule nach Lohne. Der Sprung ins begonnene Schuljahr fiel ihr leicht.

Im nächsten Schuljahr war sie sehr gut in Mathe, Englisch und Deutsch. Zu der Zeit wurde ein Gymnasium in der Nähe gebaut.

Sie wechselte zum Gymnasium.

Die Situation mit dem Bauern, dem das Heuerhaus gehörte gestaltete sich zu der Zeit immer schwieriger. Emmis Vater, Gerhard, legte sich mit dem Bauern an und es entstand ein Streit, der nicht mehr zu beheben war. Da blieb nur eine Möglichkeit. Das Heuerhaus musste verlassen werden, um dem Bauern aus dem Weg zu gehen. Glücklicherweise war der Bruder von Emmis Mutter Bauunternehmer. Er half ihren Eltern ein Haus zu bauen. Es musste ein Grundstück gekauft werden, ein Bauplan erstellt werden und Geld besorgt werden. Das war nicht so einfach, weil als selbständiger Landwirt kein verlässliches Einkommen vorhanden war. Aber sie haben es hinbekommen. Es ging nur so, dass der Bruder von ihrer Mutter, der Bauunternehmer war, seine Arbeiter geschickt und Opa mütterlicherseits sehr viel geholfen hat.

Jeden Tag hat Emmis Mutter essen gekocht und zum Bau gebracht.

Die Zeit war für die Eltern eine schwere Zeit, die nervlich eine große Belastung war. Emmi musste das einmal schmerzlich erfahren. Sie war sowieso ein schwieriger Esser und es gab Hühnerfrikassee. Das fand Emmi eklig und schrie:"Das esse ich nicht!"

Emmis Vater hob sie vom Tisch, ging mit ihr auf die Diele und legte sie über das Knie, wie man das früher nannte.

Dann sperrte er sie in den Kartoffelbunker. Der war außerhalb des Hauses. Es war ein Schock für Emmi. Diese Art zu erziehen, wurde aus Erfahrung mit den eigenen Eltern weitergehen. Auch Paul musste oft unter dieser harten Erziehung leiden. Dann kamen auch die Folgen der Kriegszeit dazu, die bei Vater Gerhard Spuren hinterlassen hatten.

Das war schon eine Freude für Emmi und ihre Geschwister. Es gab Wasser aus der Leitung, zwar kein warmes Wasser aber immerhin, im Obergeschoss hatte zumindest jedes Kind ein eigenes Bett. Die Mädchen mussten sich ein Zimmer teilen. Mia war ja noch klein und hatte ein eigenes Zimmer. Paul hatte auch ein eigenes Zimmer, weil er ein Junge war. Das fand er aber nicht so vorteilhaft. Er hätte lieber mit den Mädchen abends getobt. Das konnten sie hervorragend bis Vater Gerhard nach oben geschickt wurde, um für Ruhe zu sorgen. Daraus hat er dann auch noch einen Spaß gemacht. Er hat sich angeschlichen und unter dem Bett versteckt. Schließlich musste ihre Mutter, Johanna für Ruhe sorgen. Danach hat sich auch keiner mehr getraut zu toben. Paul wurde immer wieder gerne geärgert. Die Mädchen haben sich angeschlichen und ihn erschreckt. Er hat sich aber nicht getraut, mit zu machen.

Oben war auch noch das Elternschlafzimmer und das schönste, ein Badezimmer mit Badewanne.

Das Wasser musste in einem großen Boiler erhitzt werden. Samstags durfte dann jedes Kind alleine baden und sich viel Zeit dabei lassen. Unten hatte Oma Agnes ein Zimmer. Es gab zwei Wohnzimmer. Eines für alle Tage und eines für Besuch. Ja und natürlich die Küche. Eine Heizung gab es noch nicht. Es wurde über Öfen geheizt.

Ein riesiger Garten mit Obstbäumen, Kirschen, Pflaumen, Mirabellen, Birnen, Äpfel. Es war alles da. Ein eigener Gemüsegarten mit Erbsen, Möhren, Salat, Kartoffeln, Blumenkohl. Eigentlich alles was das Herz begehrt. Emmi hat es geliebt, wenn ihre Mutter Erbsensuppe mit Grießklößchen von den frischen Erbsen gekocht hat. Das wurde das zweite Lieblingsgericht.

Vater Gerhard hat sich eine neues Hobby zugelegt. Er wurde Imker und hatte immer ungefähr zehn Bienenkästen. Für die Obstbäume war das ein großer Vorteil. Die Landwirtschaft hat er nicht aufgegeben. Drei Felder hatte er gepachtet vom Bauern und bestellt. Er musste ja noch sein Vieh versorgen, Kühe und Schweine. So konnte die Familie sehr gut mit frischen Lebensmitteln versorgt werden. Einen Hühnerstall gab es auch. Aber es reichte nicht auf Dauer zum Leben. Vater Gerhard hat eine Arbeit in einem Stahlwerk in Osnabrück angenommen als Stahlkocher, musste auch nachts arbeiten im Schichtdienst. Zur Arbeit musste er immer mit dem Zug fahren. Das war auf die Dauer nicht lebenswert. Als in der Nähe eine Ziegelei entstand, fing er dort an. Er verunglückte dort schwer mit bleibenden Rückenschäden.

Nach seiner Erholung fing er in einer Fabrik an, die Ersatzteile für Fahrzeuge her stellte und wurde Vorarbeiter bis zur Rente. Die Fabrik war nicht so weit entfernt und er hatte mittlerweile auch ein Auto.

Vater Gerhard war schwer durch den Krieg traumatisiert. Er war Scharfschütze im Krieg. Die Kriegsjahre hat er von Anfang bis Ende als Soldat erlebt. Erfrierungen an beiden Füßen führten immer wieder zu Lazarettaufenthalten.

Er wurde einmal verschüttet durch eine Bombe und bekam kurz vor Kriegsende einen Kopfschuss in Russland. Das war dann auch sein Kriegsende. Er wurde auf einem Lazarettschiff nach Dänemark transportiert. Das war das Schiff, das mit der Gustloff auslief. Das Schiff hatte einen Maschinenschaden und musste einen Zwischenstopp einlegen. Es ist somit der Torpedierung entgangen. Da hatte er Glück, dass der nicht auf der Fahrt war, wo das Lazarettschiff Gustloff vom russischen U-Boot torpediert wurde.

Gesprochen hat er mit Emmi und den Geschwistern nie darüber. Emmi hat mitbekommen, dass er nach dem Krieg noch oft laut im Traum geschrien hat. Er war ein lieber ruhiger Mensch, der mit seinem Leben zufrieden war. Die Natur, seine Tiere und seine Familie gaben ihm alles was er brauchte. Er wäre gerne Förster geworden. Das war ja nicht möglich. Seine Eltern waren auch Heuerleute und er durfte oft nicht zur Schule gehen, weil er auf dem Feld helfen musste. Trotzdem hat er sein Leben sehr gut gestaltet. Aus wenig hat er viel gemacht.

Vater Gerhard hatte eine sehr intelligente Frau an seiner Seite. Sie hatte eine Abgangszeugnis von der Schule, das nur aus der Note sehr gut bestand. Leider hatte sie Eltern, die ihr eine Ausbildung verboten. Sie wollte gerne Schneiderin werden. Sie musste nach Wilhelmshafen in einem Krankenhaus Küche lernen. Später als sie in dem neuen Haus war, hat sie diese Fähigkeiten ausgebaut. Sie hat sich das Zuschneiden und Nähen selber beigebracht. Dazu hat sie sich Bücher und Zeitschriften (Burda) besorgt und studiert. Es wurde immer besser. Die Kinder liebten ihre Küche und ihre Fürsorge, wenn sie krank waren. Sie hat den Kindern alles gegeben, was sie brauchten, um ein geborgenes Elternhaus zu erleben. Aber sie konnte auch durchgreifen. Wenn nötig, unterstützte sie alle so gut sie konnte.

Emmi hat das erleben dürfen. Sie wollte ja zu höheren Schulen. Das Geld für die Fahrkarte für den Zug, die Bücher, die Nachhilfe, damit sie in das schon begonnene Schuljahr springen durfte, waren alles ihre Fürsorge. Sie hat aber später bei Mias Wünschen, eine höhere Schule zu besuchen, keine Kraft mehr gehabt. Mia wollte gerne das Abitur machen. Sie durfte nicht.

Emmi hat nie von ihren Eltern Streit oder finanzielle Probleme mitbekommen. Ihr Vater hat immer gesagt: „Über Geld spricht man nicht. Das hat man."

Natürlich hat sie irgendetwas gespürt! Sie hat ihre Eltern nie um Geld gefragt. In Urlaub fahren, das kannte sie nicht. Das hat sie auch nicht vermisst. Damals war kein Kind in der Schule in Urlaub. In den Ferien hat sie als Ferienhilfe im Krankenhaus gearbeitet bei ihrer Schwester Johanna in Wuppertal oder sie hat beim Bauern Kartoffeln gesucht. Das alles hat sie aber freiwillig gemacht. Niemand hat sie dazu gedrängt. Da gab es für den Nachmittag 12 DM und zwischendurch leckeres selbstgebackenes Brot und Saft. Sie war damit zufrieden und glücklich. Emmi ist später zum Gymnasium gegangen. Im Winter musste sie mit dem Schulbus fahren.

Im Sommer hat sie das Geld gespart und ist täglich 8 Kilometer hin und 8 Kilometer zurück mit dem Fahrrad gefahren. Auch das war irgendwie schön. Nach der elften Klasse hatte Emmi keine Lust mehr, zum Gymnasium zu gehen. Sie hat abgebrochen. Emmi wollte MTA, medizinisch technische Assistentin, werden für Labordiagnostik. Dazu musste sie zur Fachhochschule nach Osnabrück.

Da sie erst 16 Jahre alt war und für die Fachhochschule 18 Jahre alt sein musste, sollte sie erst eine Ausbildung zur Arzthelferin machen. Dann hat sie einen anderen Plan aufgenommen und wollte Kindergärtnerin werden. Dafür musste sie erst ein Praktikum machen. Sie ist in ein Kinderkurheim in den Schwarzwald gegangen. Als die erste Gruppe Kinder nach sechs Wochen abreiste, war Emmi ganz krank vor Heimweh. Sie hat nur geweint. Eine Arbeitskollegin hat ihr das Geld für den Zug gegeben. Sie wollte nach Hause. Ihre Eltern hat sie nicht angerufen. Sie mochte sie nicht enttäuschen. Emmi hat alles alleine geregelt.

Sie ist in Osnabrück aus dem Zug gestiegen und zu Ihrer Schwester Hanna gegangen, die im Marienhospital als Pflegevorschülerin arbeitete. Dort hat sie die Schulschwester um Aufnahme in die Krankenpflegeschule gebeten. Von den Zeugnissen her war das kein Problem. Sie konnte in das schon begonnene Ausbildungsjahr einsteigen. Das hat sie gemacht, um ihren Eltern nicht weiter zur Last zu fallen. Sie hatte ja schon die Schule abgebrochen und der geplante berufliche Weg zur Kindergärtnerin war durch das abgebrochene Praktikum gescheitert.

Silvester auf dem Land ist schon anders. Es waren oft richtige Winter mit Kälte und Schnee. Eine Freude war immer das Mittagessen. Es gab Kartoffelbrei mit Sauerkraut und Würstchen. Emmi hat es geliebt. Nachmittags haben sich die Kinder aus der Nachbarschaft getroffen zum Neujahrssingen. Man musste bedenken, die nächsten Nachbarn waren 500 bis 1000 Meter entfernt. Es ging zu Fuß durch den Schnee von Haus zu Haus. Vor jedem Haus wurden Weihnachtslieder gesungen. Überall gab es Plätzchen, Neujahrskuchen, Mandarinen, und Äpfel. Das schönste daran war immer, wenn man wieder zu Hause war und nach dem Aufwärmen die leckeren Sachen essen konnte. Abends ging es dann richtig herrlich müde ins warme Federbett. Am nächsten Morgen haben die Kinder dann erfahren, was für Schandtaten Silvester passiert sind in der Nachbarschaft. Vater Gerhard war immer auf der Hut.

Ostern und die Zeit vor Ostern war ganz anders wie heute. Schon alleine die Fastenzeit wurde emsig betrieben. Jedes Kind hatte ein Fastenglas. Jedes Bonbon wurde darin aufbewahrt (gefastet). Karsamstag durfte das Glas geöffnet werden und es wurde genascht. Die Freude darüber war schon riesig. ohne Grenzen Bonbons essen zu können. Somit war Karsamstag ein schöner Tag. Es wurde alles für Ostern gerüstet. Vor dem Haus wurde geharkt und gefegt. Die Ostereier wurden gekocht und gefärbt. Es wurde gebacken, eine Suppe gekocht und ein schönes Essen vorbereitet. Ostern gab es auch immer neue Schuhe und bei schönem Wetter durfte man das erste mal Kniestrümpfe anziehen. Eine Woche vor Ostern haben die Kinder Moos gesucht, damit der Osterhase sein Geschenk ablegen konnte. Es gab Ostereier und Süßigkeiten. Ein trauriger Tag war immer Karfreitag.

Dann dauerte die Kirche manchmal arg lang für die Kinder. Der ganze Kreuzweg wurde gebetet.

Die Erstkommunion war sehr feierlich. Emmi musste natürlich vorher zum Kommunionsunterricht. Den hielt der strenge Pastor sehr ernst. Die 10 Gebote musste jedes Kind auswendig können und natürlich das Glaubensbekenntnis. Emmi war ja noch ein Kind und konnte nicht bestätigen, dass das Spaß machte. Dafür war die Freude auf die feierliche Erstkommunion aber sehr groß. Es gab ein schönes Kleid an und eine Kommunionkerze wurde angezündet. Emmi erhielt eine Kreuzkette als Geschenk. Das war damals so üblich. Mit der brennenden Kommunionkerze gingen die Kinder in die Kirche, begleitet durch den feierlichen Gesang der Erwachsenen. Zu Hause gab es ein großes feierliches Mittagessen und Kaffee und Kuchen mit den Verwandten.

Sankt Martin war aufregend, weil es sich im Dunkeln abspielte. Emmi fuhr mit ihren Geschwistern mit dem Fahrrad ins Dorf. Dort wartete Sankt Martin auf dem Kirchplatz der Sankt Pauluskirche auf einem Pferd mit einem großen roten Mantel um. Die Kinder zündeten ihre Laternen an und sangen Laternenlieder. Sankt Martin ritt mit seinem Pferd vor den Kindern her. Es ging in einem großen Zug durchs Dorf. Das war sehr schön, Sankt Martin zu sehen und die leuchtenden Laternen in der Dunkelheit. Dafür ist Emmi gerne drei Kilometer mit dem Fahrrad ins Dorf gefahren.

Sonntags morgens nach dem Gottesdienst ging Vater Gerhard mit seinen Kindern und seinem Hund spazieren. Er erklärte den Kindern die Bäume und zeigte ihnen seine Entdeckungen, zum Beispiel einen Nussbaum, den er gefunden hat. Er konnte dann auch erzählen. Der Krieg hat ihn ja sehr verstummt. Es gab wenige, denen er mal davon erzählt hat. Einer davon war Emmis späterer Mann. Sie lagen zusammen in einem Kornfeld, beobachteten den Himmel, hatten vorher ein, zwei Bier getrunken und dann begann er zu erzählen. Aber die schlimmsten Dinge sind bei ihm für immer verschlossen geblieben.

Er liebte die Natur und diese Liebe hat er an Emmi weitergegeben. Freude über das Zwitschern der Vögel, über den blauen Himmel, die Stille, die Blumen und Felder. Auch Sonntags Nachmittags nach dem Kaffee machte er einen langen Gang.

Emmi zieht es bis heute ebenfalls raus in die Natur. Sie liebt die Stille in der Natur und die Schönheit der Pflanzen. Gerne ist sie am Meer und läuft stundenlang durchs Wasser, schaut den Wellen nach, schließt die Augen und lässt ihren Gedanken freien Lauf.

Gerhard begann sich mit der Bienenzucht zu beschäftigen. Er las Imkerzeitungen und hatte nach einiger Zeit 10 Bienenkästen und einen großen Bienenstall.

Die komplette Ausrüstung eines Imkers besaß er, auch eine Bienenschleuder um Honig zu schleudern. Er erntete so viel Honig, dass alle Kinder immer versorgt und der Rest zum Verkauf gelagert wurde. Eine große Freude bereitete ihm, wenn einer seiner späteren Schwiegersöhne gestochen wurde. Dann konnte er sich ein Lachen nicht verkneifen. Als er Rentner wurde, begann er mit seinem zweiten Hobby, das Schnitzen, Drechseln und arbeiten mit Holz. Alle Kinder wurden mit gedrechselten Kerzenständern versorgt und jedes Kind bekam eine Gartenbank aus Eichenholz, welches er im Wald suchte.

Johanna, Emmis Mutter, liebte es zu kochen und zu backen. Sie konnte einfach alles. Emmi hat sich in der Weihnachtszeit immer auf den Honigkuchen gefreut, der in einer Milchkanne verwahrt wurde.

Dann hat Johanna wunderbare Sachen genäht und gestrickt für alle Kinder und Enkelkinder. Diese Gaben hat sie an ihre Kinder und Enkelkinder weiter vererbt.

Emmi hat sich immer geborgen gefühlt. Am schönsten war es, wenn alle Geschwister sich trafen. Emmi ist oft nach Hause gefahren auch als sie schon verheiratet war. Das wurde erst 10 Jahre später weniger aber hörte nie auf. Sie hat ihre Eltern geliebt.

Über die Wurzeln, die ihre Eltern ihr gaben, war Emmi sehr dankbar.

Ihre Eltern waren nicht reich aber sie haben dafür gesorgt, dass Emmi fliegen und ihr Leben meistern konnte.

Ein schrecklicher Unfall ereignete sich als Paul 5 Jahre alt war.

Emmi und ihre Geschwister haben immer bei schönem Wetter draußen gespielt. Diesmal waren sie im Bauernhaus am Lehmteich. Klein Paul wollte auch mitspielen und lief hinter ihnen her. Sie sind auf den Heuboden geklettert. In der Mitte vom Heuboden war eine Öffnung, durch die das Heu für die Tiere geschmissen wurde. Im Eifer des Spielens hat keiner gemerkt, dass Paul durch die Öffnung herunter stürzte. Er erlitt einen doppelten Schädelbasisbruch und war 14 Tage bewusstlos. Lange hatte er unter Spätfolgen des Sturzes zu leiden.

Sie waren bei schönem Wetter immer draußen am Spielen. Mit Nachbarskindern Schnitzeljagd oder Verstecken. Obwohl die Häuser weiter entfernt waren, fand man sich doch zum gemeinsamen Spielen. Morgens aus dem Haus, Mittags zum Essen wieder rein. Dann ging es wieder los. Es gab so viel zu entdecken und ihre Eltern haben sie laufen lassen. Sie sind mit Rollschuhen kilometerweit ins Dorf gefahren oder haben sich mit dem Fahrrad auf dem Weg gemacht zu Höfen, die weiter entfernt waren. Man kannte ja auch schon einige Kinder aus der Schule. Das Leben anderer Elternhäuser war interessant. Überall gab es Vorzüge zu entdecken, zum Beispiel ein leckeres Butterbrot mit Sirup oder Spielzeug, das man zu Hause nicht hatte. Schon im ersten Schuljahr sind Emmi und ihre Geschwister allein zum Dorf zur Grundschule gefahren.

Das waren 3 Kilometer bei Wind und Regen, Eis und Schnee.

Die Winter waren wesentlich kälter und es gab lange Eis und Schnee. Bei schlechtem Wetter hatten sie natürlich auch genug Ideen, um im Haus zu spielen. Im Keller wurde stundenlang Gummitwist gespielt und oben im Wohnzimmer mit Oma Mühle oder verstecken. Langeweile gab es nicht. Emmi hat auch viel in der Ecke gelegen und gelesen oder stundenlang mit ihrer Puppe gespielt. Dafür hat sie selber Kleidung gehäkelt.

Und natürlich hat sie viel mit Lego gespielt. Fantasiewelt ohne Plan. Sie war auch nie alleine. Mit 5 Kindern, einer Oma, die mit im Haus lebte und ihre Mutter, die Hausfrau war. Somit war immer ein Ansprechpartner da. In einer großen Familie ist immer einer da. Schön waren immer die gemeinsamen Mahlzeiten. Vorher wurde ein Gebet gesprochen. Sonntag morgens gab es immer etwas besonderes zum Frühstück, was die Kinder gerne mochten, zum Beispiel ein Brötchen mit Thunfisch fanden alle lecker.

Für solche Besonderheiten war ja nicht immer genug Geld da. Oder Samstags abends gab es Makkaroni mit Tomatensauce.

Mit allen zusammen am Tisch war das natürlich noch leckerer. Zum Kaffee gab es Sonntags immer Kuchen, selbstgebacken. Man traf sich also wieder zusammen am Tisch und redete. Dieses Familienleben findet heute kaum noch statt. Beide Eltern gehen arbeiten. Großeltern sind selten in dem gleichen Haus. Sie wohnen weiter entfernt und müssen immer erst kommen. Die Kinder sind meistens altersmäßig weiter auseinander, weil die Planung nicht so klappt und auch verschiedenen Geschlechts ja und meistens nur zwei Kinder. Mädchen spielen doch anders wie Jungs. Mit Freunden muss man sich erst noch verabreden und das geht dann auch nur, wenn die Terminplanung es zulässt.

Da sind ja noch die Sportvereine, die Musikschule und was sonst noch schulisch so anfällt. Zu den Mahlzeiten trifft man sich aber auch heute noch, aber oft alle zusammen erst abends.

Dass man den ganzen Morgen und Nachmittag draußen unterwegs ist mit anderen Kindern ist eher die Seltenheit und in Städten noch weniger. Emmi hat es ganz anders erleben dürfen mit fünf Geschwistern und altersmäßig dicht beieinander. Außer das Nesthäkchen, Mia, wurde etwas später geboren, aber das war auch schön.

Emmi war katholisch erzogen worden. Ihre Eltern waren strenge Katholiken.

Es wurde vor Ostern gefastet. Sonntags gehörte der Kirchenbesuch zur Pflicht.

Sonntags nachmittags wurde es von den Eltern auch gerne gesehen, wenn die Kinder noch zur Andacht gingen. Regelmäßige Beichte gehörte dazu und der Kinderwunsch der Eltern wurde nach dem katholischen Glauben vollzogen was Verhütung und Abtreibung betraf. Das Leben nach den 10 Geboten hat Emmi auch geprägt. Sie war sehr ehrlich und hatte später als sie heiratete auch den kirchlichen Segen 'Bis dass der Tod euch scheidet' als Lebensweg in sich verankert. An guten und in schlechten Tagen bleibt man zusammen. Man muss auch Menschen, die einem Unrecht tun und verletzen, versuchen zu verzeihen.

Dass es Menschen gibt, die grausam sind, töten und foltern können, nur sich selbst in den Vordergrund stellen wollen um jeden Preis und machtbesessen sind, musste sie aus ihrer heilen Welt heraus erst einmal lernen.

Emmi und ihre Geschwister waren sehr unterschiedlich.

Johanna war robust und stark. Sie war die älteste und musste zu Hause immer viel helfen. Sie hat auch das Oberkommando übernommen und fühlte sich verantwortlich, wenn es nicht so geklappt hat. Dann gab es auch schon mal eine Ohrfeige von ihr.

Emmi musste auf dem Weg nach Hause von der Schule oft erleben, wie körperlich stark Johanna war. Als der Berg kam, konnte Emmi nicht mehr Fahrrad fahren. Sie musste schieben. Johanna ist ihr weggefahren trotz betteln von Emmi: "Warte doch. Schieb doch mit mir". Diese Weichheit ging Johanna auf den Wecker. Johanna war sehr sportlich. Sie konnte gut Langstrecken laufen.

Emmi lag oft in irgendeiner Ecke und las und war in einer Phantasiewelt. Auch beim Spielen konnte sie sich stundenlang in eine Phantasiewelt begeben.

Sie war sehr ruhig und ist es heute noch. Sportlich war Emmi auch, aber eher als Kurzstreckenläuferin. Schnell Schwimmen und Weitsprung haben ihr auch viel Spaß gemacht. Darin war sie gut.

Emotional ist sie eher um Ausgleich und Frieden bemüht. Sie war auch ein bisschen das Lieblingskind ihrer Mutter.

Auf dem Lehmteich hat Emmi immer mit den Jungs Eishockey gespielt. Das machte total Spaß. Es wurden alte Schlittschuhe verstellt, so dass sie passen und als Hockeyschläger wurden Stöcke passend gemacht

Hanna konnte man gut ärgern. Sie mochte keine jungen Hunde. Es waren von Zeit zu Zeit immer mal Welpen da. Emmi hat sich einen Spaß daraus gemacht, ihr die jungen Hunde zu den Füßen ins Bett zu legen. Die Freude war dann groß, wenn Hanna schreiend aus dem Bett sprang. Hanna war später eher ein Außenseiter. Sie ging ihren ganz eigenen Weg, koste es was es wolle und legte sich auch mit ihren Eltern an. Es gab öfter Streit wegen ihr. Hanna war das Lieblingskind ihres Vaters. Emmi hat später viel Zeit mit Hanna verbracht. Sie waren in der gleichen Schwesternschule und auch ihre Freunde und späteren Ehemänner hatten sich angefreundet. Diese Freundschaft blieb lange erhalten. Auch als sie schon Kinder hatten, besuchten sie sich oft. Es war eine schöne Zeit.

Paul war der einzige Junge zwischen vier Mädchen. Er hatte einen schweren Stand. Wenn er nicht so wollte, wie die Mädchen das wollten, wurde gekämpft. Er verlor natürlich. Er durfte auch nicht bei den Mädchen schlafen. Das nahm man damals ganz streng. Diese Außenseiterrolle hat er auch nicht ganz kampflos hingenommen.

Da wurden auch schon mal die Puppen der Mädchen zerdeppert.

Er hat aber seinen eigenen Weg gefunden im Spiel mit Nachbarskindern und Schulfreunden. Einmal ist er im Eis eingebrochen. Im Winter fror der Lehmteich immer zu. Da musste doch probiert werden, ob das Eis schon hält. Wer war der Mutige? Natürlich Paul. Anschließend gab es Ärger zu Haus.

Mia war das Nesthäkchen. Sie wurde von den Geschwistern verwöhnt und war immer „Die Kleine". Emmi hat sich viel mit Mia beschäftigt als sie noch im Heuerhaus wohnten. Sie hat ihr Laufen gelernt. Sie liebte es, Mia im Kinderwagen spazieren zu fahren. Hinter dem Heuerhaus war ein Wäldchen mit einem Sandweg. Es hatte geregnet. Die Spurrillen von Fahrzeugen waren tief eingegraben. Emmi geriet mit dem Kinderwagen in die Spur und der Kinderwagen kippte. Mia flog auf den Boden, wurde aber nicht verletzt.

Die Winter waren immer kalt und es gab viel Schnee. Was liegt da Nahe? Natürlich sind die Geschwister mit Nachbarskinder Schlitten gefahren. In der Nähe des Lehmteichs gab es eine Wiese, die steil bergab ging. Das war natürlich ideal. Die Wiese hatte nur einen Haken. Am Ende war ein Stacheldrahtzaun. Man musste also den Schlitten vor dem Zaun stoppen. Das hat Emmi dann doch einmal nicht hinbekommen und sich einen Scheitel gezogen vom Stacheldrahtzaun. Neben der Wiese war ein steiler Weg, den sich Johanna zu Herzen nahm. Sie fand es unheimlich abenteuerlich in einem Affenzahn mit dem Fahrrad den Berg herunter zu fahren. Bis sie dann kopfüber stürzte und sich überall Abschürfungen und andere Verletzungen zuzog. Gott sei Dank war nichts gebrochen. Dann war erst einmal Schluss mit der rasanten Abfahrt.

Man erkennt aber das abenteuerliche Temperament von Johanna.

Es konnte nicht gefährlich genug sein.

Auf dem Weg von der Schule nach Hause hat Emmi gerne mal einen Abstecher gemacht bei Freundinnen von der Schule oder bei den Apfelbäumen und sich leckere Augustäpfel geholt. Auch die jungen Rüben auf dem Feld mussten probiert werden. Es gab so viel Schönes draußen und niemand hat zu Hause geschimpft: „Wo warst du?"

Ihre Eltern haben sie laufen lassen und auch immer eine Ahnung gehabt, wo sie wohl sein kann. Das war eine Freiheit, die sich später bezahlt gemacht hat.

Total lecker fand Emmi auch das junge Gemüse im eigenen Garten. Wenn die jungen Erbsen reif waren und die Möhren, dann konnte Emmi nicht genug davon bekommen.

Sehr lecker fand sie es, wenn ihre Mutter dann Erbsensuppe mit Grießklößchen gekocht hat von den jungen Erbsen aus dem Garten oder neue Kartoffeln aus dem Garten. Es war das reinste Paradies, was es alles im Garten gab.

Mehrere Kirschbäume, Apfelbaum, Birnenbaum, Mirabellenbaum, Pflaumenbaum. Man musste nur warten, bis alles der Reihe nach reif war.

In Urlaub sind ist sie nie gefahren, aber sie hatte ja alles vor der Haustür. Im Sommer durften sie immer lange auf bleiben. Dann haben sie sich unter die Obstbäume im Garten gelegt auf eine Decke und um das Haus herum gespielt. Sie brauchten keine anderen Kinder dafür. Sie waren sich genug.

Emmis Eltern waren mit sich und der Welt zufrieden. Es war friedlich und ihre Eltern hatten jeder ihr eigenes Hobby und es gab eine geregelte glückliche Art zu leben. Emmi konnte ihre Sorgen bei ihrer Mutter abladen. Sie hat zugehört, ohne zu verurteilen.

Dieses Paradies oder diese Liebe, die Schönheit der Natur zu entdecken, ist in Emmi tief verwurzelt und auch ihre Geschwister haben diese Wurzeln bekommen, bevor sie in die Welt hinausflogen.

Sie haben eine Sehnsucht zurückgelassen, die aber auch Stärke verliehen hat.

Schön war, wenn die ersten Freunde mit nach Hause gebracht wurden. Sie wurden freundlich empfangen, bekamen zu essen und zu trinken, durften auch dort schlafen. Am nächsten Tag wurde gemeinsam gefrühstückt und Gerhard ist mit den Mädchen und den Jungs spazieren gegangen und natürlich seinem Dackel. Dann ist es auch mal passiert, dass Emmis Freund und Hannas Freund mit Hanna und Emmi und Vater Gerhard ein Bier trinken gegangen sind am Sonntag morgen. Sie machten gemeinsam einen schönen Spaziergang bis zur Gaststätte. Dann sagte Gerhard, als er leicht einen im Tee hatte, zu seinen Mädchen: "Soll ich euch ein Eis kaufen?" Emmi und Hanna waren immer noch seine kleinen Mädchen, die er liebte.

Aber er hat alle Kinder losgelassen und sich niemals eingemischt. Auch Mutter Johanna hat sich nie eingemischt. Sie hat geholfen, wenn es nötig war und sonst hat sie alle Kinder ihren eigenen Weg gehen lassen.

Hanna und Emmi hatten beide ihren Freund mit nach Hause gebracht.

Die Jungs beschlossen, im Stall zu grillen. Es wurde Bier geholt und Würstchen. Hannas Freund hatte einen kleinen Holzkohlegrill mitgebracht.

Abends ging es dann ab in den Stall. Später waren die Jungs auch noch im Garten und hatten Fackeln gemacht mit denen sie unter dem Kirschbaum herumliefen. Vater Gerhard stand am Schlafzimmerfenster voller Sorge und sagte auf Platt: "De brennt mi den heelen Kirschbaum af". Am nächsten Morgen hatten alle ganz verrußte Nasenlöcher. Das war total lustig.

Nachdem Emmi die das Gymnasium abgebrochen hatte, ging sie notgedrungen in die Pflegeschule zur Krankenschwester ins Marienhospital. Ihr Traumberuf ist es nie geworden. Sie wollte nach dem Staatsexamen ihr Abitur nachmachen und Lehramt studieren.

Am Wochenende konnte sie ja alle 14 Tage nach Hause fahren. Ein Wochenende hatte sie immer Dienst.

Zwischenzeitlich hatte sie auch einen Freund im Heimatort. Aber das wechselte dort auch noch. Schon als sie auf dem Gymnasium war, fingen die ersten Freundschaften mit Jungs an. Dann war mal wieder Schluss und es begannen auch in der Großstadt, wo das Marienhospital war,

Freundschaften, die aber irgendwie nie hielten. Emmi machte immer wieder Schluss, wenn sie wieder Freiheit brauchte.

Emmi fand trotz aller Entbehrungen, dass sie eine schöne Kindheit hatte. Wenn sie von einigen Elternhäusern die Verwahrlosung und die Gewalt mitbekam, kann sie doch froh sein so aufgewachsen zu sein. Die Überbehütung vieler Kinder in der heutigen Zeit steht im krassen Gegensatz zu der Zeit, in der sie aufwuchs. Ihre Eltern haben mit den Mitteln, die ihnen zur Verfügung standen, für sie gesorgt und einen Rückhalt geboten mit einfachen Mitteln: Liebe, Wärme, Geborgenheit. Obwohl wenig finanzielle Mittel zur Verfügung standen, haben sie immer versucht, alles zu ermöglichen. Manchmal waren ihre Kräfte auch erschöpft, was ihnen durchaus zu verzeihen ist. Sie konnten sich auf etwas freuen und auch auf etwas warten.

Sie konnte sagen, dass sie frei war. Sie konnte sich entwickeln. Wenn sie versagt hat, bekam sie keine Vorhaltungen. Es ging einfach weiter.

Ihre Oma spielte eine große Rolle in ihrem Leben. Sie lebte mit im Haus und hat sich von ihren Enkelkindern alles gefallen lassen. Sie haben das Licht im Wohnzimmer, wo Oma immer saß, ausgemacht und im Dunkeln verstecken gespielt. Oma saß im Wohnzimmer und hat alles geduldig über sich ergehen lassen.

Emmi hat viel Mühle gespielt mit ihrer Oma. Das hat ihr vorausschauendes Denken geschulte.Sie konnte später gut rechnen und logisch denken.

Dann lernte sie ihren zukünftigen Mann kennen. Er war mit einem Nachbarsjungen angereist. Dieser Nachbarsjunge hatte eine Freundin, die im gleichen Krankenhaus arbeitete. Sie gingen abends zusammen tanzen. Er hieß Ulrich und bemühte sich sehr, ihre Freundschaft zu finden. Der Funke sprang aber bei Emmi nicht sofort über. Es entwickelte sich langsam mehr. Ulrich kämpfte um sie. Jeden Tag rief Ulrich abends im Krankenhaus an. Alle 14 Tage trafen sie sich in seinem Heimatort. Emmi reiste mit dem Zug an und schlief in seinem Elternhaus in getrennten Betten.

Ulrich hatte einen Freund. Sie gingen zusammen aus. Diesen Freund mochte Emmi nie besonders. Er hatte eine Art, mit Frauen umzugehen oder wie er über Frauen sprach, die Emmi abstoßend fand.

Emmi und Ulrich wurden ein Paar. Sie liebten sich sehr und konnten nicht ohne einander sein. Nach dem Staatsexamen ging Emmi in die Stadt in der Ulrich wohnte und bewarb sich in dem katholischen Krankenhaus als Krankenschwester für den Operationssaal. In der Woche war kaum Freizeit, denn sie musste oft Bereitschaftsdienst machen. Abwechselnd ersten und zweiten Dienst und jedes zweite Wochenende ersten Dienst.

Zwischenzeitlich schmiedeten Emmi und Ulrich Heiratspläne. Emmi wurde schwanger. Die Hochzeit wurde geplant. Emmi hatte schon das Hochzeitskleid gekauft. Es musste geweitet werden am Bauch, denn sie bekam schon ein Bäuchlein von der Schwangerschaft. Dann verlor sie das Kind. Sie bekam abends Wehen und die Geburt setzte in der 20 Schwangerschaftswoche ein.

Als sie das Kind verloren hatte, ging es ihr nicht gut. Man hatte ihr nicht gesagt, ob es ein Junge oder ein Mädchen war. Sie verließ das Krankenhaus mit zitternden Knien und großer Trauer. Es hatte sie verändert.

Sie wollte nicht mehr heiraten.

Es war ihr einfach zu früh. Sie brauchte noch Zeit und sagte es Ulrich. Er kam sofort mit seinem VW Käfer angefahren und kämpfte um sie. Emmi war die Stadt auch zu klein. Sie brauchte mehr Freiheit und sie wollte sich weiter entwickeln.

Schließlich gewann Ulrich und Emmi hatte Mitleid mit ihm. Sie konnte es ihm nicht antun. Er hatte ihr Herz erreicht. Emmi und Ulrich heirateten. Sie wohnten zuerst bei seinen Eltern unter dem Dach.

Ulrich musste zur Bundeswehr und war oft nicht da. Vor allem in der Grundausbildung sah sie ihn kaum.

Das war für beide nicht gut. Emmi fühlte sich nicht wohl bei seinen Eltern und war einsam. Außerdem war die Stadt viel zu klein und um abends auszugehen und Freunde zu finden.

Als die Grundausbildung zu Ende war, bemühte Ulrich sich, in der Nähe der Heimatstadt stationiert zu werden. Das klappte und er fuhr jeden Abend nach Hause und morgens wieder zurück zur Kaserne. Das schwächte ihn sehr.

Er bekam einen schweren Infekt und steckte auch Emmi an. Sie lagen beide mit hohem Fieber im Bett. Er bekam eine Tuberkulose. Die beiden Lungenspitzen waren nach der Genesung vernarbt.

Nach Ulrichs Wehrdienst suchten sich Emmi und Ullrich eine gemeinsame Wohnung. Sie zogen in eine Mietwohnung in einem Hochhaus und wohnten ganz oben.

Viel Geld hatten sie ja nicht. Und dann kam auch noch die Tuberkuloseerkrankung dazu. Er musste schwere Tabletten nehmen.

In seinem Beruf durfte er nicht mehr arbeiten. Er musste umschulen.

Zweites Kapitel

Emmi hat viele Warnsignale übersehen. Sie war sehr naiv und konnte sich nicht vorstellen, dass sie alles verlor, was ihre Freiheit und ihr Selbstvertrauen betraf. Die Eifersucht und Kontrolle von Ulrich hat sie nicht ernst genommen. Sie dachte, das gibt sich schon und irgendwie war es auch schön, wenn jemand um sie kämpft. Sie stammte aus einer Familie mit fünf Kindern. Als sie ihre Ausbildung begann, hat niemand gefragt, wie geht es dir? Sie hat ihren Kummer mit sich ausgemacht. Dann war es sehr schön, wenn jemand täglich anruft, obwohl das schon der Anfang von Kontrolle war. Das war zu der Zeit, als sie noch im letzte Jahr ihrer Ausbildung in der Schwesternschule war. Sie wohnten in verschiedenen Städten, ungefähr 100 km entfernt. Gesehen haben Sie sich nur alle 14 Tage, denn Emmi musste alle 14 Tage auch am Wochenende arbeiten. Dann war es natürlich sehr schön, sich dann zu sehen. Liebe auf den ersten Blick war es nicht, was sie mit Ulrich verband. Gekämpft hätte sie nicht um ihn. Emmi konnte in ihrem Krankenhaus, in dem sie ausgebildet wurde, bleiben. Dort hat man ihr auf der inneren Station eine Stelle angeboten.

Sie hatte damals auf dieser Station in der Nachtwache als Schülerin einen
Mann mit Diabetes vor dem Zuckerschock bewahrt. Der Oberarzt wollte sie gerne auf der Station behalten.

Aber sie entschloss sich nach dem Staatsexamen eine Stelle in Ulrichs Heimatstadt anzunehmen. Es war ein katholischen Krankenhaus. Im Arbeitsvertrag stand, dass eine Scheidung ein Kündigungsgrund ist. Aber über so etwas hat Emmi sich keine Gedanken gemacht. Sie wollte gerne im OP arbeiten und bekam auch die gewünschte Stelle. Gewohnt hat sie im Schwesternwohnheim. Die Stadt war sehr klein. Im Laufe der Zeit zog Emmi bei seinen Eltern ein. Sie wohnten oben unter dem Dach. Emmi wurde schwanger. Die Hochzeit war schon geplant. Emmi verlor das Kind in der 25. Schwangerschaftswoche. Als sie aus dem Krankenhaus kam zitterten ihr die Knie. Danach ging es ihr seelisch nicht gut. Emmi wollte nicht mehr heiraten. Sie wollte sich lieber weiter entwickeln. Die Stadt war ihr zu klein. Auch im Beruf hatte sie noch Pläne. Eigentlich hatte sie ja vor, das Abitur nachzumachen und zu studieren. Die Stadt, in der sie ihre Ausbildung gemacht hat, war groß und bot ihr alle Möglichkeiten.

Sie hatte auch eine Universität. Sie rief Ulrich an, und teilte ihren Entschluss mit.

Er kam sofort mit seinem Auto, einen alten VW Käfer angefahren. Er bettelte und kämpfe um sie. Eigentlich konnte Emmi sehr hart sein. Wenn sie erst einmal einen Entschluss gefasst hatte, zog sie das auch durch. Aber er hat ihr Leid getan. Es hat etwas bei ihr bewegt. Vielleicht war es schon Liebe. Sie konnte es ihm nicht mehr antun. Emmi und Ulrich heirateten. Es war eine der ersten ökumenischen Trauungen, denn Ulrich war evangelisch lutherisch und Emmi römisch katholisch.

Ihre Beziehung wurde immer enger. Der Eine konnte nicht ohne den Anderen. Es wurde Liebe. Aber Ulrich hatte kein Vertrauen zu ihrer Beziehung. Er war sehr eifersüchtig auf alles. Wenn Emmi länger arbeiten musste, weil ein Notfall kam, stand er mit seinem VW vor dem Krankenhaus und wartete. Das setzte Emmi unter Druck. Es machte sie unfrei bei ihrer Arbeit. Es fanden Stationsfeste statt. Emmi wollte natürlich hingehen. Er wurde handgreiflich, nahm ihr die Kleidung, die sie zu diesem Anlass anziehen wollte, weg und schloss die Tür ab, so dass sie nicht gehen konnte.

Wenn sie auf Hochzeiten eingeladen waren, konnte sie sich nicht mehr frei unter den Gästen bewegen.

Er kontrollierte alles. Die Ungezwungenheit war weg.

Auf einer Hochzeit trank er sehr viel. Emmi saß bei seinen Verwandten am Tisch und er hatte sich mit den Männern zum Trinken versammelt. Emmi war einsam. Sie fragte ihn: "Können wir mal tanzen?" Er sagte: "Setz dich auf deinen dicken fetten Arsch" Dabei fühlte er sich toll vor den anderen Männern, wie er mit ihr umging. Als die Heimfahrt im Bus begann, setzte Emmi sich neben einer Verwandten von Ulrich. Er war ja immer noch abwesend bei den Männern. Endlich kam er auch in den Bus und fand keinen Platz neben Emmi. Als Sie zu Hause waren, brüllte er sie an an und schlug ihr ins Gesicht. Sie knallte mit dem Kopf gegen die Wand und blutete aus der Nase. Emmi war total entsetzt, schob es aber auf seinen Alkoholgehalt. Das passierte in ihrer neuen Wohnung, denn Emmi und Ulrich waren mittlerweile umgezogen in eine Mietwohnung. Sie wohnten ganz oben.

Schon ab diesem Zeitpunkt entwickelte sich alles nach Ulrichs Wünschen.

Er begann seine Macht immer wieder auszubauen. Es zeigte sich deutlich, wenn Emmi eigene Freunde einlud. Ein normales Gespräch war in der Runde nicht zu führen.

Ulrich übernahm das Gespräch und redete ohne aufzuhören und sehr schnell. Es war schwierig ihm zu folgen. Emmi gab es auf. Es wäre doch normal gewesen, erst einmal die eingeladenen Freunde kennen zu lernen und erst einmal zu zuhören. Denn es waren ja Emmis Freunde.

Ab dem Zeitpunkt lud nur Ulrich seine Freunde ein. Das endete dann häufig in einem Besäufnis bis zur totalen Bewusstlosigkeit. Er hatte sich oft Freunde ausgesucht, die gerne mit ihm tranken.

Emmi hatte richtig Not nach einem solchen Vorfall. Sie bekam heftige Bauchschmerzen und konnte sich vor Schmerzen nicht mehr bewegen. Ulrich war total besoffen. Von ihm konnte sie keine Hilfe erwarten. Am nächsten Tag ist sie dann zum Arzt gegangen. Es war eine Blinddarm Entzündung. Es wurde aber vorher eine gynäkologische Entzündung durchgeführt um eine Entzündung der Eierstöcke auszuschließen.

Einen Vorfall in ihrer neuen Wohnung nahm Emmi ihm sehr übel.

Am Wochenende war er kegeln mit Männern aus einer Verwandtschaft.

Es wurde auch gut Alkohol getrunken bei diesen Treffen. Ulrich wünschte sich Rouladen mit Rotkohl und Kartoffeln wenn er nach Hause kam.

Das war Ulrichs Lieblingsessen. Für Emmi waren es die Anfänge, zu kochen. Sie hat sie anbrennen lassen. Ulrich schrie und tobte.

Emmi und Ulrich waren noch nicht lange in der eigenen Wohnung, da wurde bei Ulrich eine Tuberkuloseerkrankung diagnostiziert. Sie ist entstanden während seiner Wehrdienstzeit. Ulrich war bei der Luftwaffe stationiert ungefähr hundert Kilometer von seinem Heimatort entfernt. Es war noch zu der Zeit, als Emmi und Ulrich in der Wohnung ganz oben unter dem Dach bei seinen Eltern wohnten. Emmi und Ulrich waren noch sehr verliebt und konnten nicht ohne einander sein. Ulrich fuhr jeden Abend nach Hause. Er musste morgens ganz früh wieder in der Kaserne sein. Das hat ihn sehr erschöpft. Er wurde krank und bekam hohes Fieber. Auch Emmi steckte sich an. Sie waren beide bettlägerig mit hohem Fieber. Es hat 14 Tage gedauert, bis Ulrich sich wieder erholt hat. Die Militärpolizei wollte ihn schon abholen und stand vor der Tür. Aber Ulrich bekam ein Attest vom Arzt, dass er weiterhin erkrankt ist. Zu dem Zeitpunkt musste er sich die Tuberkulose zugezogen haben. Es war kurz vor dem Ende seines Wehrdienstes.

Festgestellt wurde die Tuberkulose erst in der eigenen Wohnung. Ulrichs Allgemeinzustand war sehr schlecht. Emmi weinte als sie die Diagnose erfuhr. Sie wusste ja, was das bedeutete als Krankenschwester.

Es war eine schwere Erkrankung und die Aussicht auf Heilung sehr schwierig und häufig mit Komplikationen und Spätfolgen verbunden. Zunächst musste er in ein geschlossenes Sanatorium bis der Sputum keine Tuberkelbazillen mehr enthielt.

Emmi fuhr zu ihren Eltern und nahm einen kleinen Welpen, eine Hündin, mit damit sie nicht mehr so einsam und traurig war. Es war ein Dackelmischling. Sie nannte die Hündin Ilka. Als sie Ulrich endlich im Sanatorium besuchen durfte, kam Ilka immer mit in dem VW Käfer.

Aber Ilka musste im Auto warten. Später war das Emmis ständiger Begleiter. Im Krankenhaus war sie schon bekannt dafür. Wenn der VW mit einem kläffenden Dackel vor dem Krankenhaus parkte, wusste jeder Bescheid, wem das Auto gehörte. Die Hündin war auch nicht besonders gut erzogen. Sie sprang während der Fahrt von hinten nach vorne im Auto und war sehr selbstbewusst, eben Emmis Liebling.

Ulrich konnte nach dem Abheilen seiner Tuberkulose nicht mehr in seinem alten Beruf im Lebensmittelgewerbe als Einzelhandelskaufmann und Filialleiter arbeiten. Er wurde umgeschult zum Verwaltungsangestellten.

Das dauerte 2 Jahre, an denen sie sich nur am Wochenende sahen. An Kinder war vorerst nicht zu denken. Während der Erkrankung bekam Ulrich ein Jahr kein Geld. Er musste auf die Umschulung warten bis wieder Geld gezahlt wurde. Emmi und Ulrich mussten von Emmis kleinem Gehalt leben. Davon musste noch Miete gezahlt werden, Strom, Versicherungen. Auto und Möbel mussten noch abbezahlt werden, denn sie hatten nichts und bekamen auch nichts von den Eltern.

Emmi konnte sich noch nicht mal Dienstkleidung kaufen und wenn, dann nur ganz billige. Sie hat mal sehr geweint über ihre Schwiegermutter, die ihr vorhielt, dass nur sie was Neues zum Anziehen hätte und ihr Sohn hätte nichts. Sie hatte sich zwei billige Teile gekauft in der Zeit als Ulrich kein Geld bekam. Anstatt ihren Sohn einmal finanziell zu unterstützen, bekam Emmi nur Vorhaltungen.

Emmi entwickelte sich beruflich sehr gut. Sie wechselte vom OP in die innere Abteilung und übernahm alle Endoskopien und wurde Schichtleitung. Stationsleitung war eine Ordensschwester, denn es war ein katholischen Krankenhaus. Sie wurde für die Intensivstation vorgeschlagen von der Oberin. Das wollte der Oberarzt aber nicht. Er wollte Emmi auf der inneren Abteilung behalten.

Denn er drückte das so aus: " Ich will wenigstens eine vernünftige zuverlässige Schwester behalten". Emmi war aber damit nicht zufrieden. Sie überlegte danach noch Hebamme zu werden.

Als Ulrich seine Umschulung beendet hatte und eine Anstellung im öffentlichem Dienst bekam, planten sie ein Kind zu bekommen. Es hat aber lange gedauert bis Emmi schwanger wurde. Sie freute sich sehr als es endlich soweit war und richtete ihr Leben darauf ein. Es wurde ein Mädchen. Sie nannten sie Desiree, das bedeutet "Die Erwünschte".

Desiree war ein hübsches Mädchen. Am entzückendsten fand Emmi das Spielen mit den Händen. Das macht sie heute noch. Es wurde aber ein Kaiserschnitt. Desiree erblickte um 18.00 Uhr das Licht der Welt. Der Mutterkuchen löste sich vorzeitig und Emmi lag lange in den Wehen.

Sie hatte eine sekundäre Wehenschwäche. Zu Hause angekommen lief auch noch nicht alles sofort rund. Emmi bekam eine starke Nachblutung. Aber dann regelt sich alles. Auch die Hündin Ilka wurde gleich mit dem Kind vertraut gemacht. Emmi legte sie mit ins Kinderbett, damit sie Kontakt bekam. Aber nur einmal. Als Desiree ein halbes Jahr alt war, legte Emmi Desiree auf den Flur vor der Küche auf eine Decke. So hatte sie die Kleine in Sichtweite beim Arbeiten in der Küche. Als sie nach einiger Zeit wieder hinschaute, sah sie wie ihre Hündin Ilka, wie sie das kleine Ärmchen von Desiree beschützend ins Maul nahm und zur Seite legte. Jetzt wusste Emmi, dass nichts mehr passieren konnte.

Nach 8 Wochen musste Emmi wieder arbeiten. Ein halbes Jahr Mutterschutz gab es damals noch nicht. Finanziell konnte Emmi es sich nicht leisten, auf ihren Verdienst zu verzichten. Es gab auch keine Halbtagsstellen. Sie musste ihr Kind zu ihrer Schwiegermutter bringen, die sie total ungeeignet und oberflächlich fand. Es war der reinste Stress, die Schichtleitung, die Endoskopien, die Schwiegermutter, die in ihrem Verständnis sehr einfach war.

Wenn Emmi nach dem Frühdienst zum Kind abholen kam, schwammen im Milchbad für die Flaschendesinfektion Milchreste.

Die Flaschen wurden also nicht richtig sauber gemacht. Ihre Schwiegermutter saß auf dem Stuhl in der Küche und wartete auf einen täglichen Bericht, was sich so alles abgespielt hatte im Krankenhaus. Es gab ja sonst auch nichts "Neues"! Den Gefallen hat Emmi ihr aber nicht getan. Sie war froh, ihr Kind mitnehmen zu können. Dankbar wäre sie gewesen, wenn sie alles schon gepackt und vorbereitet hätte. Aber da konnte sie lange drauf warten können.

Als Desiree zwei Jahre alt war, war es an der Zeit, sich nach einem Haus mit Garten umzusehen. Emmi hätte auch ein Haus zur Miete gereicht. Sie fanden ein kleines Reiheneckhaus mit Garten und Garage und kauften es. Für Desiree war das schön. Der Weg zum Kindergarten war nicht weit und zur Schule auch nicht. In der Nachbarschaft waren viele Kinder zum Spielen. Emmi arbeitete immer noch Vollzeit im Krankenhaus. Es ging ihnen gut. Ulrich holte Desiree von seinen Eltern ab nach der Arbeit, wenn Emmi Spätdienst hatte.

Morgens ging Desiree in den Kindergarten. Emmi musste ja schon um 06.00 Uhr morgens arbeiten im Frühdienst.

Dann machte Ulrich Frühstück für Desiree und brachte sie in den Kindergarten. Emmi holte sie ab.

Es war eine schöne Zeit. Desiree wurde sehr umsorgt von beiden Eltern. Abends hat Emmi immer vorgelesen und blieb bei Desiree bis sie eingeschlafen war. Manchmal war Emmi eher eingeschlafen wie Desiree. Ilka war immer noch bestens drauf. Desiree und Ilka waren ein Team.

Eigentlich wollte Ulrich kein zweites Kind. Es lief im Moment ja alles wunderbar und konnte nur noch besser werden. Aber Emmi wollte kein Einzelkind. Ulrich gab nach. Es dauerte wieder einige Zeit. Emmi hatte sich vorsorglich schon um eine Teilzeitstelle in Nachtwache beworben. Die Stelle war jetzt frei und für Emmi war eingeplant. Kurz vor Antritt wurde sie schwanger. Jetzt konnte sie aber nicht absagen. Die Stelle wäre sonst vergeben worden. Es gab keine Teilzeitstellen. Emmi hätte aufhören müssen zu arbeiten. Mit zwei Kindern hätte sie nicht mehr voll arbeiten können. Also hat sie trotz Schwangerschaft gewacht.

Mit der Schwangerschaft lief alles gut bis 8 Wochen vor dem errechneten Termin. Emmi starke Schmerzen im Unterbauch. Sie ließ es abklären. Ihr Gynäkologe konnte nichts Auffälliges feststellen. Er hat aber keinen Ultraschall gemacht. So ein Gerät besaß die Praxis nicht. Dafür hätte sie erst ins Krankenhaus gewusst.

Zum errechneten Termin ging langsam die Geburt los. Tage vorher hatte Emmi abends schon Senkwehen. Um 23.00 bekam Emmi einen Blasensprung als sie schon im Bett war. Jetzt musste schnell gehandelt werden. Desiree und Ilka wurden ins Auto verfrachtet mitsamt Emmi und es ging zum Krankenhaus. Emmi bat Ulrich wieder nach Hause zu fahren wegen Desiree und Ilka. Es war ja nicht das erste Kind. Es setzten regelmäßig Wehen ein. Die Abstände waren aber noch nicht sehr kurz. Die Hebamme wollte Emmi noch gerne auf die Station verlegen. Sie hatte mehrere Geburten in der Nacht. Das wollte Emmi aber nicht. Sie hatte kein gutes Gefühl. Emmi hatte es richtig gemacht. Die nächste Wehe begann. Der Schmerz hörte aber nicht auf.

Die Hebamme verschwand und kurze Zeit später stand ihr Gynäkologe vor ihrem Bett und hielt einen Zettel in der Hand.

Sie sollte einer Sterilisation zustimmen. Emmi unterschrieb. Sie hatte starke Schmerzen und war nicht in der Lage abzuwägen. Später hat sie lange unter der Entscheidung gelitten.

Dann wurde sie zum Operationssaal gebracht. In der Schleuse konnte Emmi sich gar nicht auf den OP-Tisch bewegen vor Schmerzen. Die Anästhesieschwester sagte: "Emmi denk an dein Kind. Du musst atmen!" Das ist das letzte woran Emmi sich erinnern konnte. Als sie aufwachte saß Ulrich neben ihrem Bett und hielt den kleinen Dominik im Arm. Er wimmerte leise vor sich hin. Emmi war am ganzen Körper am Zittern. Geboren ist der kleine Dominik um 03.10. Emmi konnte sich gar nicht richtig freuen, so fertig war sie und Ulrich auch. Es hätte beinahe Beiden (Mutter und Kind) das Leben gekostet, denn es war eine Uterusruptur. Daher die Schmerzen, die nach der Wehe nicht aufhörten. Nur dadurch, dass der Mutterkuchen an der Hinterwand der Gebärmutter saß, ist Dominik am Leben geblieben. Die Gebärmutter konnte erhalten werden, aber noch ein Kind hätte Emmi nicht austragen können sagte ihr Gynäkologe. Daher die Sterilisation.

Dominik war sehr ruhig und sehr niedlich. Er ähnelte seinem Vater als Baby. Emmi war sehr glücklich und dankbar. Jetzt hatte sie ein Mädchen und einen Jungen.

Ganz komplikationslos ist die OP aber nicht verlaufen. Emmi hatte eine Woche blutigen Urin und später zu Hause ein halbes Jahr immer wieder Blasenentzündungen. Ihre Hausärztin vermutete, dass die Blase bei der OP verletzt wurde. Emmis Allgemeinzustand war nicht gut. Dazu entwickelte Dominik eine Milchunverträglichkeit. Er erbrach grundsätzlich die vierte Flasche. Emmi durfte nur 3 Flaschen mit Milch füttern und die restlichen Fläschchen musste sie mit einem milchfreien Produkt zubereiten. Dann ging es Dominik besser. Wenn Emmi gestillt hätte, wäre das nicht passiert. Aber Ulrich wollte nicht, dass Emmi ihre Kinder stillt. Er behauptete, dass Frauen davon einen Hängebusen bekämen. Emmi tat alles um ihm zu gefallen.

Aber sonst entwickelte Dominik sich sehr gut. Er war ein fröhliches und niedliches Kind. Mit Ilka war das nicht so problemlos. Zum einen war Ilka schon eine alte Hundedame, die ihre Ruhe wollte aber der Rest ihrer Geduld war zu Ende, wenn ihr Futternapf immer hochgestellt wurde.

Als Dominik anfing zu krabbeln, steuerte er auch gerne auf den Hundenapf zu um ihn zu untersuchen. Dann musste Emmi ihn hochstellen. Die Hündin hat dem Kleinen nichts getan, hat ihn aber beobachtet.

Emmi und Ulrich hatten alle Hände voll zu tun. Es gab nur ein halbes Jahr Mutterschutz. Das war ja immerhin schon mehr als 8 Wochen. Dann musste Emmi wieder arbeiten. Ulrich hat beide Kinder versorgt gewickelt und gefüttert wenn Emmi arbeiten musste. Emmi hat 9 Nächte im Monat gemacht. Wenn sie gewacht hat, kamen die Kinder beide ins Ehebett und Ulrich hat das Radio angemacht. Die Kinder durften den "Ohrenbär"hören, während er Emmi zur Arbeit brachte. Es war nicht weit. Mittags hat er Dominik von seiner Mutter geholt und zum Mittagsschlaf in sein Bettchen gelegt. Emmi schlief ja noch nebenan. Sie musste abends wieder wachen. Wenn Dominik seinen Mittagsschlaf beendet hatte, musste Emmi aufstehen.

Das ging dann alles gut bis Emmi Probleme mit ihrem Darm bekam durch den Stress. Sie konnte nicht mehr essen und entwickelte ein spastisches Colon. Ihre Hausärztin bot ihr an, sie ein Jahr krank zu schreiben. Aber Emmi dachte, so etwas kann man seinem Arbeitgeber nicht zumuten.

Zwischenzeitlich war ihr Schwiegervater tödlich verunglückt mit 60 Jahren. Das Haus von Schwiegereltern war groß. Ein Zweifamilienhaus und oben unter dem Dach waren noch 3 Zimmer, die für die Kinder genutzt werden konnten. Sie entschlossen sich das Haus zu renovieren, die Geschwister auszuzahlen und der Vorteil für Schwiegermutter war, sie ist nicht alleine. Emmi konnte aufhören zu arbeiten und kündigte. Es war der größte Fehler ihres Lebens sowohl für Emmi als auch für Ulrich. Emmi verstand sich nicht mit ihrer Schwiegermutter. Sie mochte sie nicht. Sie fand sie distanzlos, primitiv und psychisch auffällig. Keine rücksichtsvolle, intelligente, feine Frau. Wenn ihr was nicht passte, rief sie überall an. Vor allem Emmis Schwägerin nutzte diese Situation für sich und spann ein Spiel, dass Emmi das Leben schwer machte. Emmi und Ulrich konnten sich nicht abgrenzen.

Sie konnten im Garten nicht alleine sein und die Brüder von Ulrich verstanden die Situation schwierige Situation nicht.

Emmi und Ulrich wurden unglücklich. Es wäre für alle Seiten besser gewesen, mehr Rücksicht aufeinander zu nehmen. Aber das war nicht so einfach. Emmi war so weit, sich von Ulrich zu trennen. Da war sie 40 Jahre alt. Die Angst, die Kinder dadurch zu verlieren, war aber größer.

Sie wusste, dass Ulrich alles tun würde, um sie zu verletzen. Er wusste, dass Emmi die Kinder mehr bedeuten würden, wie ihr eigenes Leben in Glück und Zufriedenheit.

Es kamen auch noch Ulrichs Demütigungen dazu. Er war jähzornig und neigte zu Wutausbrüchen. Wenn Emmi zum Friseur ging, hatte sie Angst vor seinen anschließenden Wutausbrüchen. Er stand auf lange Haare. Wenn es ihm nicht gefiel brüllte er sie vor den Kindern an. Auch sexuell demütige er Emmi. Er stand auf sexy Unterwäsche. Ulrich hatte ein Bild von einer Frau, dem Emmi entsprechen musste um jeden Preis. Früher hatte er gerne Kalender von nackten Frauen mit Traumfiguren. Emmi fühlte sich wie eine Puppe, die er in den Glasschrank stellte und bei Bedarf hervor holte.

Einen Vorfall wird Emmi nie vergessen. Sie musste am nächsten Tag 12 Stunden im Operationssaal stehen. Die Verantwortung für den Ablauf im OP hatte sie. Sie war abends müde und wollte keinen Sex. Er bedrängt sie und ließ sie nicht schlafen, in der Hoffnung sie würde nachgeben. Bis 12 Uhr nachts hat er sie drangsaliert und nicht schlafen lassen. Das hat Emmi ihm sehr übel genommen. Es reichte schon, dass er ihr alle Freiheiten nahm, er sie demütigte vor den Kindern und vor Anderen.

Ulrich hatte ein hohes sexuelles Bedürfnis. Emmi fand, er könnte sexsüchtig sein. Er liebte seine Lehrgänge nach Berlin. Da konnte er sich ausgiebig ausleben und Peepshows besuchen. Das gab er bei Emmi einmal zu. Emmi war entsetzt, dass er so etwas tat. Sie war katholisch erzogen.

Wenn Emmi die Wohnung abschloss, weil, sie vor ihm flüchtete wenn er agressiv und jähzornig war, trat er die Tür ein. Er bedrohte sie, er würde sie überall finden und sie umbringen.

Als sie in das Haus einzogen, war ein Treffen mit den Nachbarn angesagt. Es wurde auch Alkohol getrunken. Desiree beschwerte sich.
Ulrich schrie sie an, sie solle sich nicht so anstellen.

Desiree schloss sich vor Angst im Badezimmer ein. Er trat die Tür ein und bedrohte sie, wie er es auch mit Emmi machte. Das musste ein Schock für Desiree gewesen sein.

Ulrich fing an, sich viel nach außen zu orientieren. Er ging in die Politik. Als ihm das nicht mehr gefiel, suchte er sich was Neues. Er trainierte eine Fußballmannschaft. Emmi blieb zu Hause. Sie traute sich nicht mehr, sich nach außen zu bewegen. Nur der Sport blieb ihr. Das konnte sie abends und tagsüber noch machen, dann fing er an den Besitzer eines Dönerladens für sich zu gewinnen. Er bekam umsonst sein Bier, seine Pizza und sein Döner, auch für die Familie. Er begann sich immer weiter, sich in das Leben des armen Mannes zu einzumischen. Er schlug ihm immer größere Geschäfte vor. Dazu war der arme Mann aber nicht in der Lage. Er verschuldete sich immer mehr und war am Ende pleite.

Wenn Emmi abends arbeiten musste im Krankenhaus ging er zu seinem Dönarladen zum Essen und nahm Dominik mit.

Dort setzte er seinen Sohn vor den Spielautomaten und gab ihm Geld,damit er in Ruhe reden konnte und sein Bier trinken konnte.

Emmi hatte einen Bandscheibenvorfall in der Halswirbelsäule und lag auf dem Bauch auf der Couch, um noch Fernsehen zu können. Sie konnte den Kopf nicht anheben. Nur wenn sie ihn mit beiden Händen unterstützte, ging es. Das langweilte Ulrich sehr. Er wollte raus in seine Dönerbude. Dominik wollte natürlich mit. Mittlerweile gab er ihm auch schon Bier und Geld für den Spielautomaten. Emmi flehte ihn an, Dominik zu Hause zu lassen. Sie konnte sich nicht bewegen und machte sich Sorgen um ihren Sohn. Ulrich ging, nahm seinen Sohn mit und kümmerte sich nicht um sie. Sie hätte schon viel eher gehen müssen. Sie hätte sich mit 40 scheiden lassen müssen. Dann wäre es ihr nicht so schlecht gegangen. Diesen Dauerstress würde sie nicht mehr lange aushalten. Unten Schwiegermutter und Schwägerin, die ihr das Leben schwer machten, ober ihr Mann, der sie ausnutzte, benutzte und ihre Gefühle missachtete.

Zwischenzeitlich machte Desiree Abitur.
Sie war durchweg eine gute Schülerin. In den Vornoten stand sie zwischen sehrgut und gut. Emmi hat sich um ihre Kinder gekümmert. Sie hat gearbeitet, den Haushalt versorgt, mit den Kindern gelernt.

Das ging manchmal bis abends spät. Den Halt und die Sorge um die Kinder teilten Desiree und Dominik sich trotz allem, wobei der größte Teil auf Emmi lastete. Auch Ulrich kümmerte sich auf seine Art, obwohl die Art, wie er mit Emmi umging sicher seelische Spuren bei den Beiden hinterließ. Er ließ die Kinder aber nie im Stich.

Beruflich geriet Emmi sehr unter Stress. Sie arbeitete nach ihrer Umschulung im Jobcenter. Das neue Arbeitslosengeld II (Harz IV) war gerade verabschiedet worden und die Jobcenter wurden eröffnet. Es war alles neu und chaotisch. Für Emmi war das zu stressig. Sie bewarb sich auf eine andere Stelle. Dort musste sie die Einnahmen und Ausgaben für ein Jugendprogramm verwalten und die Fördergelder anfordern. Sie geriet in eine Prüfung durch das Land Niedersachsen und musste alles alleine abwickeln. Danach wurde sie sehr krank. Sie hatte hohes Fieber über mehrere Tage.

Aber nach einer Woche fing sie wieder an zu arbeiten. Emmi erholte sich nicht und bekam eine Reha bewilligt. Auch in der Reha wurde sie auf ihren Husten angesprochen. Sie hatte lange Hustenattacken, über drei Monate.

Nach der Reha bot sich eine Veränderung an, eine interne Stellenausschreibung in der Erziehungsberatungsstelle. Emmi bewarb sich und bekam die Stelle. Nun war aber kein Ersatz für die alte Stelle gefunden worden und die Gelder mussten angefordert werden. Emmi wurde gebeten, beide Stellen zu machen für eine Übergangszeit. Sie sah die Not ein und konnte nicht nur an sich denken, obwohl sie schon sehr angeschlagen war. Emmi räumte auch noch nebenbei das Archiv der Beratungsstelle auf und musste viel mit gebeugtem Kopf arbeiten. Sie bekam starke Kopfschmerzen und wurde krank geschrieben. Emmi wusste nicht, dass ihre stark geschädigte Halswirbelsäule der Auslöser war. Zu Hause musste sie sehr schnell weinen. Sie war psychisch und physisch total am Ende. Sie bekam eine Reha wegen einer depressiven Erschöpfung. In der Reha hatte sie morgens Schmerzen beim Laufen und sie war total schwindelig. Sie konnte nicht gerade aus laufen und musste sich erst vorsichtig orientieren.

Ihr war später klar, dass die Ursache die Halswirbelsäule war. Sie hatte eine spinale Enge in der HWS, die kurz vor der Querschnittslähmung stand. Emmi willigte in die Reha ein.

Gesundheitlich und psychisch war sie zu der Zeit schon sehr angeschlagen durch die angespannte Situation zu Hause: Schwiegermutter im Haus, Schwägerin und Schwager, die Situation mit Dominik und Ulrich. Als die Reha beendet war, wurde Emmi arbeitsfähig geschrieben. Das gefiel Ulrich nicht. Er drängte darauf, dass sie sich weiter krank schreiben ließ. Er wollte nicht, dass sie zur Arbeit zurückkehrte. Es war ja auch seine Arbeitsstelle. Ulrich merkte, dass sich etwas veränderte. Emmi war in Gedanken dabei, sich zu trennen. Sie sah keinen Weg mehr in diesem Haus und Ulrich hatte sich sehr verändert. Sie hatte Angst vor ihm und gleichzeitig wollte sie die Kinder schützen. Emmi begann, heimlich eine Wohnung zu suchen. Aber immer, wenn sie eine Wohnung hatte, schaffte sie den letzten Schritt nicht.

Es fand alles statt. Die Kinder hatten ihre Freiheiten und konnten zu Ferienfreizeiten fahren. Sie machten Beide ihren Jugendleiterlehrgang und fuhren dann als Betreuer auf Ferienfreizeiten und Jugendaustauschprogrammen mit. Dominik machte auch sein Abitur.

Desiree studierte Sonderpädagogik und hatte mittlerweile auch schon einen Freund. Sie war nur noch am Wochenende zu Hause. Dominik studierte Wirtschaft. Er war auch nur noch am Wochenende zu Hause. In seinem Studium begann Dominik zu spielen. Er spielte Online Poker. Ein Studienkollege brachte ihn darauf. Der Student finanzierte damit sein Studium. Er führte Dominik in das Pokern im Internet ein. Entsetzt war Ulrich dann, als seine Kreditkarte bis zum Anschlag belastet war. Dominik gestand ihm, dass er das Geld verspielt hatte. Es ging immer weiter. Emmi hatte ein eigenes Konto eröffnet wegen der Situation, unter anderem auch eine Kreditkarte Sie wollte wenigstens ihren Verdienst retten. Die Karte und alle Zugangsunterlagen lagen auf dem Tisch. Emmi war ganz èrstaunt, als die Kreditkarte, bevor sie sie überhaupt benutzt hatte, bis zum Anschlag belastet war. Es war Dominik. Er konnte keine Grenzen mehr ziehen, weil er schon spielsüchtig war.

Ulrich gewann sich mit Dominik zu verbünden. Er nahm immer neue Kredite auf, um Dominik zu schützen. Er war aber auch nicht in der Lage sein Konto den Umständen entsprechend zu führen. Das ging schon Jahre so. Er war ständig im Minus und nahm neue Darlehen auf oder besorgte sich Kreditkarten, die er belastete.

Dadurch, dass Ulrich die Spielschulden immer wieder ausglich, wurde Dominik emotional abhängig. Er spielte immer weiter, in kleinen Beträgen. Ulrich gab ihm Zugang zu seinem Konto. Emmi hatte ja vorsorglich jetzt ein eigenes Konto. Sie wollte nicht, dass ihr Verdienst mit drauf ging. Emmi entwickelte Pläne, ihn zu verlassen. Wegen seiner Drohung, er würde sie überall finden und sie umbringen, machte sie Pläne, möglichst weit weg einen Neuanfang zu machen. Wegen seiner sexuellen Nötigung, seiner Drohung mit Gewalt, seinem Eintritt von Türen und seinem Umgang mit der Spielsucht seines Sohnes, sah Emmi keine andere Möglichkeit.

Sie befürchtete, vor Ort keinen Frieden zu finden. Als Dominik auch ihre Kreditkarte abgeräumt hatte, war Emmi klar, dass nichts mehr zu Hause sicher war.

Sie nahm Kontakt mit einem Frauenhaus in Berlin auf, um von dort Hilfe zu bekommen für eine Wohnung und alle weiteren Schritte. In ihrer Stadt wäre das nicht möglich gewesen. Sie war zu bekannt. Sie wusste damals auch nicht, dass sie jede Menge Rechte und Unterstützung bekommen konnte. Sie wollte auch nur großen Abstand. Emmi bekam einen Platz in einer geschützten Wohnung in Berlin Wedding. Emmi packte ihre Sachen und fuhr los mit dem Zug nach Berlin. Sie wurde am Bahnhof von einer Sozialpädagogin abgeholt und zu einer geschützten Wohnung gebracht. Diese Wohnung hatte zwei Zimmer, eine gemeinsame Küche und ein gemeinsames Bad. Emmi begann sich Lebensmittel zu kaufen. Es war ein furchtbares Gefühl. Am nächsten Morgen war Emmi klar, dass das so nicht geht. Sie weinte den ganzen Abend vorher. Also suchte sie das Büro der Sozialpädagogin des Frauenhauses auf und teilte ihren Entschluss mit, dass sie wieder nach Hause fahren würde. Sie fuhr zurück. Die Situation verbesserte sich zu Hause nicht. Es musste einen anderen Weg geben.

Ulrich war freigestellter Personalrat. Bei seinem Arbeitgeber konnte er seine machtbesessene Art und seine Dominanz voll ausleben. Dieser Job war wie geschaffen für ihn. Wenn er in der Personalabteilung seinen Willen nicht bekam, schrie er die Kollegen an, wie er es auch mit seiner Frau machte. Er wusste dabei genau mit wem er das machen konnte. Wenn das nicht reichte, führte er sie vor und demütigte sie vor der Personalversammlung. Wenn er erfuhr, dass ein Abteilungsleiter Unzufriedenheit in seiner Abteilung schaffte, sorgte er dafür, dass hinter dessen Rücken plötzlich eine Versetzung des Abteilungsleiters stattfand. Er spielte ein Spiel mit seinen Mitteln.

Es fing eigentlich schon sehr früh an, dass Emmi sich unterordnete. Die Kinder waren ihr wichtiger. Ulrich hatte ein dominantes Verhalten. Emmi sagte zu ihm: "Du könntest ein Türke sein". Sein ständiges unterwegs sein erinnerte sie an einen Windhund. Als sie schon im eigenen Haus waren, war er häufig mit Arbeitskollegen und Kolleginnen unterwegs in der Stadt. Manchmal kam er erst morgens wieder. Was sollte Emmi machen. Sie hatte ja Kinder. Aber Emmi war auch ein ganz anderer Typ.

Sie hatte nicht das Bedürfnis, sich in Discos umzutreiben. Sie braucht auch nicht ständig die Bewunderung anderer Menschen. Sie las gerne. Sport war ihr wichtig und Fahrrad fahren. Sie hätte sich auch gerne noch weiter gebildet, aber mit den Kindern war es schwierig und mit Ulrich sowieso.

Er fing an, immer häufiger mit Arbeitskollegen auf Lehrgänge zu gehen. Da amüsiert er sich so nebenbei. Irgendwann legte er den Ehering ab.
Er ging auf Sambafahrten mit Nachbarn. Und gründete Clubs, mit denen er dann gelegentlich am Wochenende auf Fahrradtouren ging. Einmal im Jahr machte er eine viertägige Fahrt nach München mit Übernachtungen mit seinen Arbeitskollegen und Kolleginnen, Freunden und Bekannten.

Die Kinder waren groß und schon aus dem Haus; beide im Studium. Desiree hatte schon einen eigene Wohnung und war fertig mit dem Studium.

Emmi ließ ihn ziehen. Aber irgendwann fing sie auch an, alleine wegzufahren und zwar immer übers Wochenende einmal alle 1-2 Monate. Manchmal war der Abstand auch größer. Sie brauchte diese Auszeit, sonst wäre sie immer unglücklicher geworden.

Wenn er dann am Bahnhof stand und bat: „Bitte fahre nicht", antwortete Emmi: „Das hast du doch auch mit mir gemacht. Ich habe oft geweint und gebeten, bitte fahre nicht. Jetzt fahre ich und höre auch nicht auf dein Flehen".

Emmi machte Städtereisen. Sie besuchte die ältesten Städte Deutschlands. Dabei schlief sie in einer Jugendherberge, weil sie nicht viel Geld hatte. Es machte ihr Spaß, alte Kirchen und Schlösser zu bewundern und sie informierte sich vorher bei Wikipedia.

Dann begann sie Juist zu entdecken. Zuerst fuhr sie über Pfingsten weg. Das war das erste Mal nach ihren HWS Operationen, dass sie wieder alleine wegfuhr. Sie hatte noch starke Schmerzen und musste sich immer wieder ausruhen. Den Koffer konnte sie kaum tragen. Sie schlief in der Jugendherberge, reiste aber nach einem Tag wieder ab. Es ging ihr nicht gut. In der Jugendherberge fühlte sie sich nicht wohl. Sie brauchte ein Hotel schon alleine wegen ihrer gesundheitlichen Einschränkungen.

Es sollte ihre zweite Heimat werden. Durch die HWS-Operationen, war sie körperlich nicht in der Lage lange Reisen zu unternehmen.

Emmi ist nachts gefallen. Es war wieder ein Streit mit Ulrich entstanden. Er wollte nicht mehr, dass sie alleine wegfährt. Emmi war danach in eines der Kinderzimmer gegangen nach oben unter dem Dach und hatte sich schlafen gelegt. Sie konnte nicht einschlafen und bemerkte, dass sie keine Luft bekam. Sie hatte Angst, das Bewusstsein zu verlieren und stand auf. Nach ein paar Schritten merkte sie, dass sie ohnmächtig wurde und rief Ulrich. Sie stand fiel und schlug stark auf kurz vor dem Treppenabsatz, der ein Stockwerk tiefer führte. Als sie wach wurde stand der Notarzt vor ihr. Emmi blutete aus der Nase und die linke Wange blutete. Sie spürte ein Kribbeln in der Schulter und im Nacken und konnte ihre Beine nicht bewegen. Der Notarzt ihr befahl ihr aufzustehen, damit sie nach unten transportiert werden konnte. Er wollte nicht akzeptieren, dass sie die Beine nicht bewegen konnte und legte ihr auch keine Halskrause an. Im Krankenhaus wurde ein CT vom Schädel gemacht und ein MRT der HWS. Es hatte in den Spinalkanal der HWS eingeblutet.

Emmi wurde auf die Intensivstation verlegt. Der HNO Arzt wurde hinzugezogen. Er vermutete eine Siebbeinfraktur und eine Fraktur des Orbitabodens.

Das war aber nicht vorrangig. Emmi wurde verlegt in ein Krankenhaus mit einer Neurochirurgie. Dort sollten zwei schwere Operationen durchgeführt werden. Danach hatte Emmi hatte Schmerzen. Sie konnte die häuslichen Tätigkeiten nicht verrichten und musste immer wieder den Kopf stützen. Sie legte sich mit mehreren Kissen hin, damit es nicht mehr weh tat.

Am 14.11. wurde sie operiert und eine Woche später auf eigenen Wunsch entlassen. Es sollte eigentlich eine zweite OP von vorne gleich im Anschluss eine Woche später gemacht werden. Danach war gleich eine Reha vorgesehen aber Emmi lehnte die zweite OP und die Reha ab. Die erste OP wollte sie auch nicht machen lassen. Sie hätte Montags operiert werden sollen und hatte bis Samstag noch keine OP Aufklärung bekommen. Nur der Anästhesist war gekommen. Samstags teilte Emmi ihren Entschluss mit, die Operation nicht machen zu lassen. Sie wollte sich eine Zweitmeinung holen.

Die diensthabende Ärztin teilte ihr mit, dass kein lebensbedrohlichen Zustand bestünde und sie gehen könnte. Ulrich holte Emmi ab, war aber sehr nervös. Emmi vermutete, dass er wieder bei seinem Dönerladen ordentlich Bier getrunken hatte.

Am Sonntag morgen rief der Oberarzt bei Emmi zu Hause an und betonte die Dringlichkeit der Operation. Ein falscher Schritt könnte zur Querschnittslähmung führen. Vorher hatte Desiree schon Druck ausgeübt. Sie verstand nicht, dass Emmi sich nicht operieren lassen wollte und drohte ihr, dass sie sie bei einer eintretenden Querschnittslähmung nicht pflegen würde. Emmi erklärte sich bereit zur Operation. Sie bekam Angst wegen der Drohung. Der Oberarzt hatte im Krankenhaus von einem künstlichen Wirbel gesprochen. Sie sollte dann Sonntag bis 20.00 Uhr zum Krankenhaus kommen. Ulrich fuhr sie zum Krankenhaus. Auf halbem Weg wollte Emmi wieder umdrehen. Sie hatte das Gefühl, sie würde zur Schlachtbank geführt. Im Krankenhaus angekommen, wurde nochmal Blut abgenommen.

Am nächsten Morgen bekam sie das OP Hemd und die Antithrombosestrümpfe. Emmi ging zur Dusche, hatte aber vorher schon ihre Beruhigungstablette genommen. Auf einmal stand der Oberarzt vor der Badezimmertür. Sie war noch im Badezimmer. Sie hätte die OP Aufklärung noch nicht unterschrieben. Die Aufklärung war aber bisher noch nicht erfolgt. Emmi unterschrieb.

Sie war in einem Ausnahmezustand, voller Angst, zu keinem Entschluss fähig. Nach der OP am nächsten Tag hatte sie sehr starke Schmerzen. Emmi hatte eine lange Narbe im Nacken, wusste aber immer noch nicht was gemacht wurde. Die Schwester kam zur Morgentoilette rein und fragte, ob sie sich alleine duschen könne. Emmi dachte, dass das erwartet würde. Sie wäre in der Dusche fast kollabiert vor Schmerzen. Sie musste sich auf einen Hocker setzen, Es war Visite und niemand fragte, ob sie Schmerzmittel bräuchte. Am nächsten Tag war Chefarztvisite und Emmi fragte, warum sie solch Schmerzen hätte. Auf einmal bekam sie Schmerzmittel gebracht und der Oberarzt zeigte ihr anhand eines Röntgenbildes was gemacht wurde. Er hatte eine Laminektomie gemacht. Die Wirbel waren an beiden Seiten langstreckig verschraubt und die Dornfortsätze an 2 Wirbeln gekürzt. Emmi war entsetzt. Sie fragte ihn, warum er denn nicht einen künstlichen Wirbel eingesetzt hätte, wie er kurz besprochen hatte. Das wäre nicht notwendig gewesen, antwortete er knapp. Die 2. OP wäre für eine Woche später vorgesehen, sagte er dann. Emmi wusste aber bis dahin nicht, was vorgesehen ist. Darüber sprach er wieder nicht.

Am Freitag, als der Assistenzarzt zur Aufklärung für die 2. OP kam, brach Emmi in Tränen aus. Es war wieder eine Platte vorgesehen, jetzt aber von vorne und 2 künstliche Bandscheiben. Emmi konnte sich nicht beruhigen. Sie lehnte die OP ab. Dann kam der Oberarzt persönlich und zeigte sein Unverständnis für Emmis Reaktion. Er hätte gerade ein Kind versucht vor der Querschnittslähmung zu retten, es aber nicht geschafft. Das wäre doch wohl viel schlimmer.

Emmi war nicht mehr zugänglich. Sie blieb bei ihrer Haltung und bat um Entlassung. Der Oberarzt kam noch einmal kurz und fragte knapp: "Wünschen Sie eine Reha?". Emmi sagte ebenso knapp : " Nein". Der Anästhesist war auch schon gekommen zur Aufklärung. Emmi musste dauernd Husten. Sie bewegte sich zu wenig wegen der Schmerzen. Sie sagte dem Anästhesisten, dass sie Husten müsse und erkältet sei. Ach das macht nichts, sagte er. Wir können sie trotzdem operieren. Als Emmi zu Hause war, wollte sie täglich spazieren gehen, wegen ihrer Lunge. Sie war kurzatmig und der Husten verstärkte sich.

Sie war in einem ganz schlechtem Allgemeinzustand und befürchtete, sie stände kurz vor einer Lungenentzündung.

Nach einer Woche nach Emmis Entlassung aus dem Krankenhaus stand wieder eine Fahrt nach Berlin an, die Ulrich jedes Jahr machte mit Arbeitskollegen vom Personalrat, manchmal auch Freunde, für 3 Tage. Er besuchte jährlich eine Tagung von der Gewerkschaft, in der er auch Mitglied war, dienstlich. Das war dann auch immer ein kleines Besäufnis. Emmi ließ ihn fahren. Sie verzichtete auf seine Hilfe. Nach der Operation schlief sie unten bei ihm im Ehebett, weil sie jemanden in der Nähe brauchte. Sie hatte abends Schwierigkeiten ohne Schmerzen einschlafen zu können. Sie versuchte es mit wenig Schmerzmittel und mit Kissen. Einmal bat sie Ulrich um Hilfe wegen der Kissen. Er bekam richtig Panik und wurde ganz aufgeregt. Emmi fragte ihn nicht mehr. Sie ließ ihn nach Berlin zu seinem Gewerkschaftstreffen fahren.

Nach 4 Wochen ließ sie dann doch die 2. OP machen, denn sie hatte ja jetzt eine halbe Baustelle. Die spinale Enge in der HWS bestand ja nach wie vor und es hatten sich knöcherne Vorbauten von vorne im Bereich HWS 4 bis 5 und 3 bis 4 gebildet. Das würde ein Eingriff von vorne werden und sehr gefährlich fand Emmi. Aber sie wollt einen Abschluss haben. Eine Woche vorher schlief sie schon nicht mehr vor Angst.

Der Oberarzt war bei der Erklärung in der Sprechstunde dann auch sehr freundlich und wollte wissen, ob sie sich eine Zweitmeinung geholt hätte? Das hatte sie aber nicht. Sie war dazu im jetzigen Zustand auch nicht in der Lage, zumal sie wusste, dass man die erste OP nicht rückgängig machen konnte.

Bei der Besprechung des Aufklärungsbogens war er dann aber wieder sehr knapp und fragte: „Haben sie noch Fragen?". Emmi wollte gerne wissen wo der Schnitt sein würde, wegen der Narbe.

Nach der Op ging es Emmi aber gut. Sie hatte kaum Schmerzen. Der Oberarzt kam auch persönlich um nach ihr zu sehen.

Eine Aufklärung, wie sie sich danach verhalten sollte, bekam sie nicht.

Auch nach der ersten Operation, der Laminektomie, bekam sie keine Aufklärung, wie es weitergeht und wie sie sich verhalten muss nach so einer Operation. Danach bekam sie auf Emmis Drängen dann eine Reha, die aber schon längst überfällig war; aber sie hatte ja nach der ersten OP abgelehnt.

Emmi hatte noch lange Probleme und Schmerzen. Sie musste sich nach 2 Stunden hinlegen, weil sie den Kopf nicht so lange aufrecht halten konnte. Das spielen mit ihren Enkelkindern war auch nur eingeschränkt möglich. Sie konnte den Kopf nicht so lange abknicken und halten. Aber Emmi war hartnäckig sie fing wieder an Fahrrad zu fahren auch längere Strecken. Es durfte nur kein Kopfsteinpflaster sein. Die Erschütterungen lösten bei ihr Schmerzen aus. Emmi liebte Yoga. Ganz langsam tastete sie sich wieder daran. Sie machte Kurse wobei sie ihre Einschränkung angab. Auch walken blieb ihr Hobby und klappte gut.

Endlich hatte sie wieder eine Wohnung gefunden. Emmi war fest entschlossen, auszuziehen.

Sie versuchte Ulrich ganz vorsichtig mit der Wahrheit zu konfrontieren. Emmi sprach darüber, dass sie hier nicht mehr sein konnte in dem Haus gemeinsam mit Schwiegermutter.

Ob es nicht irgendeinen Weg gäbe, hier auszuziehen, fragte sie ihn. Vielleicht würde Ulrich sich dann auch wieder verändern, nicht mehr so viel Alkohol trinken, nicht mehr so jähzornig und aggressiv sein. Ulrich erzählte ihr statt dessen, dass er einen neuen Schatten auf der Lunge hätte. Es könnte vielleicht Krebs sein. Er wollte, dass sie ihm das nicht antun würde. Vielleicht spürte er, dass sie das nicht ertragen kann. Irgendwie liebte sie ihn immer noch.

Aber sie sah keine andere Möglichkeit und hoffte, dass er sich dann endlich zu einem anderen gemeinsamen Weg entschließen könnte. Er hatte zu großen Respekt vor seiner Mutter und würde lieber sie ziehen lassen als auszuziehen. Emmi packte die Umzugskisten und suchte die Möbel aus, die sie mitnehmen wollte.

Dann kam das Umzugsunternehmen morgens. Er war arbeiten. Kaum hatte ihre Schwiegermutter die Situation wahrgenommen, rief sie auch schon ihren Sohn bei der Arbeit an.

Plötzlich stand er vor der Tür, brüllte und prüfte die Sachen, die sie mitnahm. Es waren aber alles nur Sachen, die sie sich vorher schon gekauft hatte. Sie plante den Umzug schon lange. Sie hatte ja ein eigenes Konto.

In der Wohnung angekommen, musste sie sich erst einmal zurecht finden. Es war kurz vor Ostern. Die Kinder hielten zu ihrem Vater. Er tat ihnen leid. Keiner rief Emmi an. Sie hatte keine Freundin, die sie unterstützte. Emmi war einsam. Abends ging sie in eine Pizzeria und bestellte sich eine Pizza und ein Glas Wein. Dann fühlte sie sich nicht so alleine. Wenn sie durch die Stadt ging und ältere Pärchen sah, schnitte es in ihr Herz. Sie hatte ja gedacht, gemeinsam den Lebensabend zu verbringen. Es tat weh. Den Hausschlüssel hatte sie ja noch. Sie musste sich noch Sachen holen. Sie konnte nicht alleine sein. Also entschloss sie sich, wieder zurück zu Ulrich zu ziehen. Sie hatte kein Auto. Mit dem Fahrrad fuhr sie zu ihm. Ulrich lag auf der Couch. Er hatte Schüttelfrost. Die Situation hatte ihm so zugesetzt, dass er krank wurde. Emmi bat ihn, wieder einziehen zu dürfen. Er willigte ein.

Aber nur unter einer Auflage. Desiree hatte sich eingemischt. Sie bestand darauf, dass Emmi sich in Behandlung geben würde in einer psychiatrische Klinik. Sie hielt das ganze mit ihren Eltern nicht mehr aus.

Emmi bemühte sich darum. Gleichzeitig nahm sie Kontakt mit Mia auf. Sie musste irgendwo hin in ihrer Not. Emmi fühlte sich so unter Druck gesetzt von Desirees Forderung, sich psychisch behandeln zu lassen in einer Klinik. Das hätte mal jemand mit ihr machen sollen. Auch wie sie die ganzen Jahre auf der Seite ihres Vaters stand und Emmi gelegentlich vor der Tür stehen ließ oder ihre Anrufe blockierte. Sie hat oft geweint wegen ihr.

Emmi hatte auch das Gefühl, dass Ulrich diese Niederlage nicht Ertrug. Er hatte ja auch schon bei seinem Arbeitgeber in der Personalabteilung erzählt, dass Emmi psychisch krank wäre. Das wäre der Grund, warum sie ausgezogen wäre. Er hat sich nichts vorzuwerfen. Dort war Ulrich doch der große Star. Er hat immer eine heile Familie vorgeführt. Da ist es doch besser zu erzählen, dass seine Frau psychisch krank ist und er der Arme ist, der das aushalten muss.

Niemand wusste ja bisher, wie er sich zu Haus bekam. Dass er dort genauso herumbrüllte, wie er es in der Personalabteilung tat, wenn er seinen Willen nicht bekam. Dort dirigierte kontrollierte er alle und alles. Er spionierte Emmis Passwörter aus mit Hilfe von Dominik und las ihre Nachrichten.

Er benutzte seine Kinder um Emmi zu quälen. Seine Kinder mussten auch alle vor Ort sein, damit er sie rechtzeitig für sich benutzen konnte um täglich anrufen und kontrollieren zu können. Er rief Emmis große Schwester an, damit sie sich einmischt und Emmi zur Vernunft bringt. Weiterer Druck und Bloßstellung. Emmi versteht bis heute nicht, warum ihre ältere Schwester Johanna sich einmischte und Emmi bedrängte. Vielleicht war es auch Neugier und machte ihr Freude. Denn dominant war sie auch sehr gerne. Das machte er häufig. Für Emmi total peinlich. Entweder Emmis große Schwester Johanna oder seine Tochter Desree. Dominik versuchte neutral zu sein. Er war der ausgleichende und besänftigende Charakter, während Desiree sehr hart, dominant und aufbrausend sein konnte, wie ihr Vater.

Seine Tochter war sein Spielball für seine Probleme. Er rief sie jeden Tag an und machte sie zu seinem Handlanger. Ulrich machte Emmi in ihrer Familie und bei ihrem Arbeitgeber, aber auch nach außen zu einer Null.

Den Rest besorgte ihre plappernde gehässige Schwiegermutter. Die ganze Nachbarschaft und alle Bekannten wurden informiert. Mit ihrem Rollator hielt sie die Leute an und informierte sie über Emmi. Oder sie rief ihre Verwandten an, wenn Emmi nur eine Kleinigkeit falsch machte, die ihr nicht gefiel. Nach der Einnahme des Antidepressivums wurde nahm Emmi zu und schlief auch viel. Ulrich ging gerne zu seinem Italiener, den er aus seiner beruflichen Tätigkeit bei der Gaststättenabnahme kannte, und für sich vereinnahmt hatte. Dort konnte er mit der ganzen Familie umsonst essen und auch wenn große Feste waren brauchte er nichts bezahlen. Emmi hat es gehasst. Sie fühlte sich wie ein geprügelter Hund wenn sie das Restaurant verließ ohne bezahlen zu müssen. Das sagte sie ihm auch immer wieder. Sie musste sich ständig von dem dicken schwitzenden Italiener umarmen lassen. Das war dann gratis. Emmi fand es ekelig. Jedenfalls waren Schwiegermutter und ihr Lebensgefährte mit zum Essen bei Tonino.

Dann fiel ihre Schwiegermutter ausfallend über sie her. Sie wäre dick genug könnte ihr auch den gemeinsamen Keller aufräumen. Man muss bedenken, dass die Schulbildung von Emmis Schwiegermutter nicht weit her war. Sie hat nie etwas geschrieben, lesen konnte sie. Bei allem mussten ihre Söhne ihr helfen. Sie konnte nichts alleine. Ihr Intelligenzquotient war nicht besonders hoch. Sie war auch sexuell gerne mal sehr ordinär mit ihren Ausdrücken. Nach dem Tod ihres Mannes tobte sie schon nach kurzer Zeit mit dem Hausmeister einer in der Nähe liegenden Schule durch die Betten. Vom christlichen Glauben hielt sie nicht viel. Sie ging nie zur Kirche und als sie hörte, dass Emmi katholisch sei, sprach sie lästernd von Jupp an der Latte. Emmi hatte aus diesem Grund beschlossen, ihre Kinder evangelisch taufen zu lassen. Sie wollte nicht, dass ihre Kinder diese Gotteslästerung mitbekamen. Emmi hat sehr geweint. In der Nähe war ein Friedhof und Emmi ist dort geblieben bis sie wieder nach Hause fuhren. Sie konnte nicht aufhören zu weinen. Ulrich kam nicht, um sie zu trösten. Emmi war sehr naiv, dass zu erkennen. Es war Ulrich wichtiger, seiner Mutter und vor allem dem Lebensgefährten zu gefallen.

Der hatte sein Haus verkauft und schlief auch schon bei Schwiegermutter. Er hatte zwar eine eigene kleine Wohnung in einem Haus für betreutes Wohnen genommen, aber immer öfter blieb er auch nachts da. Für Emmis Schwiegermutter und Ulrich war das eine Geldquelle, die sie anzapfen konnten. Ulrich hatte schon einen Zuschuss zu seinem Auto bekommen, einen Audi A6 in Höhe von 10.000,00 €. 26.000,00 € hatte das Auto gekostet. Für den Rest hatte er eine Hypothek auf das Haus genommen. Das Haus von Schwiegermutter hatten Emmi und Ulrich offiziell über einen Notar gekauft für 180.000,00 DM. Emmis Schwiegermutter wollte ein Wohnrecht, dass aber nur verbrieft wurde. Sie wurde ausdrücklich darauf hingewiesen, dass Emmi und Ulrich jederzeit verkaufen könnten, weil das Wohnrecht nur verbrieft war und nicht notariell beglaubigt. Die beiden Brüder jeweils 30.000,00 DM ausgezahlt und stimmten gerne zu, denn sie waren gierig auf das Geld. Beiden ging es finanziell nicht gut. Dann haben Emmi und Ulrich das Haus gründlich renoviert.

Ulrich fing immer mehr an seine Frau in die Ecke zu stellen und wunderte sich später, warum seine Frau ihn nicht mehr wollte und nur ausziehen wollte. Sie brauchte Auszeiten, weil sie es nicht mehr aushielt. Ihre Schwägerin fand sie hinterlistig, berechnend, neugierig und falsch.

Nach dem Tod von Ulrich, als die Frage des Datums, wann der Verkauf offiziell über die Bühne gehen sollte, offen war, stand Emmi mit ihrer Schwägering vor ihrem Carport und zeigte ihr ihr neues kleines Auto, einen C1, den sie vorübergehend finanziert hatte. Sie sprachen über den Auszug und von ihrer Schwiegermutter in ein Betreutes Wohnen. Ihre Schwägerin betonte, das dieser Auszug schon längst hätte gemacht werden müssen. Emmi wusste gar nicht was sie hörte, weil sie selber die Telefonate von ihrer Schwägerin mit angehört hatte. Dort befeuerte sie ihre Schwiegermutter, dass bloß nicht zu machen.

Emmis Schwägerin rief täglich bei ihrer Schwiegermutter an und erkundigte sich nach ihrem Befinden. Gleichzeitig konnte sie ihre Neugier befriedigen und alles über Emmi und ihre Kinder erfahren. Emmi hatte das Gefühl, sie wünschte ihr alles erdenklich Schlechte.

Wenn sie ihre Schwiegermutter besuchte, rief sie auf dem Flur immer noch laut, damit Emmi es hören musste: „Schüß Dicke". Emmis Schwiegermutter hatte zeitweise Größe 48. Sie konnte sich nicht kontrollieren beim Essen und machte keinen Sport. Sie hatte Freude daran, Emmi weh zu tun. Emmi weiß gar nicht, wie sie die ganzen Jahre überstanden hat. Aber die Angst, alleine zu sein, hat alles überwiegt.

Das hätte Emmi eigentlich schon vorher klar sein müssen, dass er seine Tochter nach ihrem Studium in eine Beamtenstelle als Lehrerin lenkte in seinem Heimatort. Er hatte ja als freier Personalrat überall seine Finger mit im Spiel. Er wusste wo Stellen frei waren und kannte auch die Rektoren der Schulen. Desiree konnte ihm das nicht abschlagen. Sie nahm die Stelle als verbeamtete Sonderpädagogin an. Lieber wäre sie bei ihrem zukünftigen Mann geblieben. Er promovierte in seiner Studienstadt. Desiree hatte mit ihm zusammen eine Studentenwohnung im Studentenwohnheim. In dieser Uni-Stadt hatte sie ihr Referendariat gemacht als Sonderschulpädagogin und hatte danach auch dort eine Stelle gefunden. Es ging ihr sehr schlecht, als sie den Willen ihres Vaters erfüllt hatte. Sie hatte solches Heimweh nach ihrem Freund und war nur am Weinen. Sie war nicht in der Lage, die Stelle anzutreten. Ihre Hausärztin musste sie erst 14 Tage krank schreiben.

Auch Dominiks berufliche Fäden nahm er in die Hand. Dominik hatte dadurch von vornherein einen sehr schweren Stand, denn sein Vater hatte sich als Personalrat nicht nur Freunde gemacht, sondern auch Feinde. Das bekam auch Emmi zu spüren.

Er mischte sich in Sachen ein, die sie ihm im Vertrauen erzählte.

Emmi wird eine Sache nie vergessen, die er mit ihr gemacht hat. Sie waren im Stadtpark verabredet. Es war ein schöner Sommerabend. Emmi trank gerne den Roséwein dort. Weil es so ein schöner Abend, nahm sie ein zweites Glas. Ulrich trank Bier. Sie zogen noch weiter.

Dann wollten sie nach Hause. Auf dem Weg nach Hause mit dem Fahrrad hatte Emmi doch schon leichte Schlagseite. Sie vertrug nicht viel. Er rief heimlich seine Tochter an, die Emmi gegen ihren Willen nach Hause fuhr. Emmi war sauer auf Ulrich, denn sie mussten ihn schon einmal total betrunken mit dem Fahrrad nach Hause begleiten. Er konnte gar ich mehr laufen. Mitten auf der Straße kippte er schon mit dem Fahrrad um und fiel auf den Kopf. Passanten eilten zu Hilfe und fragten, ob sie den Rettungswagen holen sollten. Das wollte er nicht. Emmi quälte sich mit ihm nach Hause. Zu Hause wollte Emmi noch Musik hören. Ulrich wollte aber schlafen.

Emmi war sauer wegen seines egoistischen Verhaltens. Sie hatte immer alles für ihn getan, wenn er besoffen vom Fahrrad stürzte und nicht die Kinder angerufen. Er konnte nichts für sie tun. Sie holte sich 500 € von seinem Konto, die ihr aus einer Nachzahlung auch anteilig zu standen und als sie zu Hause war und sagte sie es ihm.

Er war schon im Bett. Wütend stand er auf und griff sie an. Er versuchte ihr das Geld zu entwenden mit Gewalt und zerriss dabei ihr mühsam erspartes neues teures Kleid. Emmi hatte einen blauen Fleck unter dem Rippenbogen. Sie drohte die Polizei zu rufen.

Es war nicht das erste Mal. Emmi hatte Angst vor ihm.

Die Polizei kam und versuchte die Situation zu klären. Emmi schilderte, was passiert war. Die Polizisten waren zu zweit. Es war eine Polizistin und ein Polizist. Ulrich hatte sich schon ganz schnell friedlich wieder in sein Bett gelegt. Die Polizistin hörte sich Emmis Schilderung an und fragte, ob sie Emmis Mann verhaften sollte. Emmi verneinte das. Sie wollt nur, dass sie den Vorfall aufschreiben würde. Emmi hätte dann einen Grund gehabt, sich ohne Wartezeit (Trennungsjahr) scheiden zu lassen. Die Polizistin sagte: "Sie können ihren Mann ja anzeigen".

Zwischenzeitlich hat der Polizist mit Ulrich geredet. Ulrich hat dem Polizisten erzählt, dass Emmi eine Depression gehabt hat. Die Polizisten hatten jetzt eine Möglichkeit,, die Situation zu entschärfen. Ulrich kannte sich in dieser Sache sehr gut aus.

Er hatte früher psychologischen Bereitschaftsdienst gemacht als Verwaltungsangestellter und wusste, was jetzt geschehen würde. Er wollte natürlich nicht verhaftet werden.

Die Beamten bestellten einen Krankenwagen und brachten Emmi in die geschlossene Psychiatrie. Ulrich fuhr im Polizeiwagen hinterher. Unglaublich! Das hätte Emmi ihrem Mann nie angetan.

Am nächsten Tag holte er Emmi zusammen mit seiner Tochter ab. Er traute sich nicht alleine zu kommen, weil er wusste was er gemacht hatte. Emmi sagte ihm, dass sie ihm das niemals verzeihen würde. Sie hatte Rücksicht auf seinen Status im,öffentliche Dienst genommen und er verriet sie bewusst und wusste genau was geschehen würde.

Er machte Emmi zu einem Nichts, die überall ihre Menschenwürde verloren hatte. Kurze Zeit später reiste sie ab. Sie besuchte ihre Geschwister und erzählte den Vorfall. Emmi hatte nicht vor, wieder zu kommen.Aber ohne Geld hatte sie keine Möglichkeit, irgendwo zu bleiben. Ihr blieben nur ihre kleinen Auszeiten auf Juist und Norderney. Aber Norderney ist nie ihre Heimat geworden. Juist wurde zu ihrer zweiten Heimat.

Das Schicksal spielte ihr zu. Ulrich hatte sich mittlerweile arrangiert und begann ihre Liebe zu den Inseln zu teilen. Er wollte nicht mehr alleine sein, wenn sie weg fuhr. Sexuell spielte sich seit zehn Jahren nichts mehr ab. Emmi schlief alleine in den Zimmern der Kinder. Aber sie war ganz froh, wenn sie essen ging und am Strand war, dass sie nicht alleine war. Beim letztem gemeinsamen Besuch auf Juist ging es Ulrich nicht gut. Er hatte schon zuvor von seinem Hausarzt mitgeteilt bekommen, dass seine Blutwerte beängstigend wären. Er sollte ins Krankenhaus zum Ceckup. Ulrich lehnte das ab. Sein Hausarzt sagte, dann müssen wir einen anderen Weg gehen. Die Leberwerte waren dramatisch hoch. Es sollte zuerst eine Darmspiegelung gemacht werden.

Auf Juist planten Emmi und Ulrich eine Radtour am zweiten Tag. Sie wollten zur Domäne Bill fahren und Tee trinken. Schon nach einem Kilometer mussten sie abbrechen. Ulrich hatte keine Kraft mehr zu treten. Er war total erschöpft. Emmi sah keinen Sinn darin, auf der Insel zu bleiben. Sie reisten am nächstenTag ab.

Zu Hause angekommen bemühte Ulrich sich gleich um eine Darmspiegelung. Er nahm zur Terminabsprache seine Blutwerte mit.

Emmi musste überall mit hin. Als der Gastroenterologe die Blutwerte sah zog er gleich einen ansässigen Oberarzt für die speziellen Fälle hinzu. Der machte einen Ultraschall von der Leber und bat um ein Gespräch zusammen mit Emmi. Er sagte, dass keine Darmspiegelung gemacht werden könnte. Die Leber wäre voller Metastasen und er vermutet Darmkrebs.

Eine Darmspiegelung vor Ort wäre zu gefährlich. Es könnte zum Durchbruch kommen. Ulrich wurde in eine Uniklinik überwiesen. Dort wurde dann ein schwerer Darmkrebs in der Nähe des Illeums diagnostiziert. Der Darm ist fast zu. Es kann nur noch lebensverlängernd behandelt werden mit Chemotherapie wegen der Leber.

Als Emmi zu Hause war, lag sie auf dem Bett und dachte, jetzt bin ich sie bald beide auf einmal los!

Aber das war dann doch sehr schlimm. Das Gespräch mit dem Onkologen gab keine Hoffnung. Emmi weinte bei dem Gespräch. Sie mischte sich aber nicht ein. Ulrich wollte auch alles alleine machen. Nur zu Hause hat er auf seine Familie vertraut. Vor allem Emmi gab ihm Sicherheit. Mit ihrem Wissen als Krankenschwester war er in sicheren Händen.

Emmi sorgte für ihn. Sie trug seine verschwitzten Betten zum Austrocknen nach oben ins Gästezimmer. Ulrich schwitzte sehr. Er zitterte am ganzen Körper nach der ersten Chemotherapie und war total entkräftet. Er aß ja schon lange kaum noch etwas. Emmi hatte deswegen schon mit ihm gestritten. Wenn sie ihm abends etwas gekocht hat, aß er kaum etwas und ließ es stehen. Sie hatte den Verdacht, dass er mittags irgendwo essen ging und sie trotzdem abends etwas kochen ließ. Bei seinem egoistischem Verhalten die ganzen Jahre, wäre das nicht verwunderlich. Ulrich war noch berufstätig und stand kurz vor der Rente. Gerne hätte Emmi gehabt, dass er schon mit 63 aufgehört hätte. Er war schwerbehindert und das wäre gegangen ohne Abschläge. Aber das wollte er nicht. Es wären immer noch 200 Euro Rente mehr, wenn er die zwei Jahre noch arbeiten würde. Im Grunde war aber die Arbeit seine Familie. Er hielt es zu Hause mit seiner Mutter nicht aus und er brauchte ganz viele Leute um sich, die ihn bewunderten. Emmi war ihm nicht so wichtig.

Ulrich bekam einen Port gelegt und jeden Abend kam der Pflegedienst und legte die künstlichen Ernährung an. Ulrich bekam zwischen den Chemoblöcken Bluttransfusionen.

Emmi war die ganze Zeit an seiner Seite. Die Schmerzen im Nacken brachen wieder auf. Emmi ging zur Schmerztherapie. Sie bekam Fango und Physiotherapie verschrieben. Das war für sie eine Wohltat. Sie konnte mit jemanden sprechen und hatte auch richtig Glück mit der Physiotherapeutin. Sie unterstützte sie psychisch und physisch.

Einmal hat sie noch versucht für ein paar Tage auszubrechen und auf eine Insel zu fahren. Aber Ulrich wimmerte wie ein kleines Kind: „Bitte lass mich nicht alleine".

Dann bat er nach dem zweitem Chemoblock Ende November um eine Pause, wenn seine Werte gut wären. Der Onkologe stimmte zu. Die Werte hatten sich verbessert. Ulrich und Emmi fuhren nach Norderney in ein schönes Hotel. Dort war er sehr gereizt. Er beschimpft die Bedienung aggressiv. Dieses ungehaltene und aggressive Verhalten hatte er schon während der ganzen Chemo. Wenn er mit Emmi auf dem Markt war und warten musste am Gemüsestand, fauchte er die Bedienung agressiv an.

Ulrich sprach auch kaum mit Emmi über die Situation. Emmi mochte ihn auch nicht ansprechen und verletzen. Nach Norderney musste er wieder zur Kontrolle zum Onkologen.

Die Werte waren total schlecht geworden. Es war förmlich explodiert. Dominik durfte dieses Mal mit zum Gespräch. Emmi bat ihn, noch eine Chemotherapie zu machen. „Desto länger haben wir dich noch", sagte sie. Es musste aber ein neuer Port gelegt werden. Der Termin war im neuem Jahr gleich nach Neujahr. Sylvester kam Emmi in Not. Ulrich trank kaum noch. Er war auch zeitweise benommen, verwirrt und schlief wie im Koma. Emmi befürchtete ein Leberkoma. Sie versuchte einen Arzt zu bekommen vom ärztlichen Bereitschaftsdienst, aber man sagte ihr, es würde 6 Stunden dauern, bis einer kommt. Emmi entschloss sich, Neujahr alleine zu schaffen und danach ging es sowieso zum Krankenhaus wegen des Ports. Emmi walkte jeden Tag um den Kanal gleich hinter dem Haus. Sie streichelte seine Wangen und sagte, bitte lass mich nicht alleine. Dann lief sie los. Es machte ihre Seele frei.
Sie hatte aber auch Angst, dass er in der Zeit sterben könnte.

Am Tag nach Neujahr ging es dann zum Krankenhaus. Ulrich konnte schon nicht mehr laufen. Er hatte keine Kraft mehr. Auf der gastroenterologischen Station kam er in ein Zweibettzimmer. Sein Sohn wollte das bezahlen. Der Chefarzt kam zum Bett von Ulrich.

Die ganze Familie war gerade versammelt, Er verkündete, dass kein Port mehr gelegt wird. Es wird nur noch palliativ medizinisch behandelt. Sein Körper braucht keine Nahrung mehr. Es kommt nichts mehr an.

Das war Donnerstags. Ulrich sollte zur Palliativstation verlegt werden. Das wollte Ulrich nicht. Er wollte wieder nach Hause. Er würde nur einstimmen, wenn Emmi mitgeht und bei ihm bleibt. Der Oberarzt der Palliativstation überredete Ulrich, dass er sich wenigsten zur medikamentösen Einstellung mit Schmerzmittel verlegen lassen sollte. Ulrich stimmte ein. Aber nur, wenn Emmi bei ihm schlief und nur bis Montags. Emmi holte sich ihre Sachen zum Schlafen und Kosmetik und blieb bei ihm. Sie begleitete ihn zur Dusche und wusch ihn und abends half sie ihm beim Zähne putzen im Brett. Sie kannte das alles ja als Krankenschwester. Samstags kam der Oberarzt noch einmal zur Visite. Er legte Emmi nahe, dass sie Ulrich nicht mit nach Hause nehmen sollte. Sie würde ihn nicht als Ehefrau begleiten können im Sterbeprozess sondern zur Pflegekraft werden. Wie recht er haben würde, stellte sich später heraus.

Emmi konnte es ihm aber nicht abschlagen. Sie konnte nicht an sich denken. Er tat ihr so leid. Sie dachte: „Und wenn es das Letzte ist, was ich für meinen Mann tun kann, mit dem ich 44 Jahre zusammen verbracht habe in guten und in schlechten Tagen" Sie kannte seinen Hausarzt sehr gut und hatte großes Vertrauen zu ihm und fühlte sich auch als Krankenschwester in der Lage so etwas zu tun. Ihre Kinder waren jeden Tag an ihrer Seite und halfen und unterstützten sie, wo sie nur konnten. Jeden Tag waren beide Kinder und auch Schwiegerkinder da. Montags kam er nachmittags nach Hause. Er kekam Morphium über eine Medikamentenpumpe. Die Dosierung war auf der Palliativstation festgelegt.

Der Pflegedienst kam jeden Tag zur Unterstützung, aber Emmi wusch ihren Mann und rasierte ihn. Desiree half beim Lagern. Sie gab ihm immer wieder zu trinken. Schon am Mittwoch konnte Emmi ein beginnendes Kreislaufversagen beobachten. Die Füße wurden dick und verfärbten sich bläulich. Am nächsten Tag schwollen die Beine weiter an. Er ließ nur einmal Wasser. Emmi sprach ihn darauf an und half ihm mit der Urinflasche. Am selben Tag nachmittags vertiefte sich seine Atmung und er hörte auf zu atmen. Desiree war an seiner Seite.

Dominik war gerade an die Luft gegangen. Emmi sprach in seinen letzten Atemzügen das „Vater unser" und machte das Kreuzzeichen. Sie zündete eine Kerze an.

Als abends der Hausarzt zur Feststellung des Todes kam, war Emmi wie im Schock. Sie kannte seinen Hausarzt gut als Assistenzarzt in ihrem Krankenhaus. Er umarmte sie und versuchte sie zu trösten. Emmi war zu keiner Regung fähig. Sie funktionierte nur.

Dann benachrichtigte sie das Beerdigungsinstitut. Erst überlegte sie, ihn noch über Nacht in seinem Bett zu lassen. Aber dann verwarf sie den Gedanken. Sie konnte den Tod nicht ertragen. Sie fürchtete sich davor. Die Kinder wären nach Hause gefahren und sie war ja ganz alleine. Sie war auch sehr erschöpft.

Das Schlimmste würde noch kommen. Die Beerdigung. Es würden eine Menge Leute kommen von seiner Arbeitsstelle und Freunde. Emmi wollte ihm diesen letzten Gang so schön wie möglich machen. Er liebte große Aufläufe und hielt gerne Reden. Er sollte diesen großen Abschied nach seinen Wünschen bekommen. Den Text für die Todesanzeige hatte er sich selber ausgesucht. Auch ein Lied wussten Emmi und ihre Kinder.

Es sollte:„Niemals geht man so ganz" von Trude Herr sein". Erst drei Jahre später hat Emmi sich das Lied angehört und sehr geweint. Ulrich hat sie geliebt und würde sie über den Tod hinaus lieben. Als Ihnen klar war, dass Ulrich sterben würde, haben sie jeden Abend Hand in Hand im Bett gelegen. Sie konnten aber beide nicht darüber sprechen. Es tat so weh.

Als wenn Ulrich spürte, dass es bald vorbei sein würde, schrieb er ihr eine Nachricht mit dem Handy, als er neben ihr im Bett lag: „Ich werde dich immer lieben über meinen Tod hinaus". Emmi schrieb: „Ich werde dich auch immer lieben"

Für Emmi und Ulrich war der Friedhof, auf dem sie beerdigt werden wollten, eigentlich schon klar. Sie wollten ihre ewige Ruhe auf dem katholischen Friedhof finden. Er war nicht so groß und hatte einen schönen Bestand alter Bäume. Am liebsten würden sie unter so einen alten Baum ruhen. Der Friedhofsgärtner zeigte Emmi einige Plätze für ein Doppelgrab, denn das wollte sie nehmen. Die Angebote waren auf dem stättischen Teil und nicht schön. Emmi entschloss sie für eine Einzelgrab mit Grabpflege. Es war sehr teuer, für ein Doppelgrab zu teuer.

Außerdem war Ulrich erst 64 Jahre alt als er starb und Emmi zu dem Zeitpunkt auch. Da war es sehr unwahrscheinlich, dass Emmi in Kürze nachfolgen würde. Ulrich starb im Januar 2018. Im September 2018 wären Emmi und Ulrich 45 Jahre verheiratet gewesen.

14 Tage nach der Beerdigung kam ein Arbeitskollege und Freund und brachte einen Brief. In dem Stand, welche Lieder er sich wünscht und was noch zu tun ist. Leider zu spät. Emmi hatte sich schon alleine durch alles gearbeitet, Unterlagen gesucht, Rechnungen bezahlt. In dem Brief stand noch ein Lied, das er sich wünschte: „So nimm denn meine Hände und führe mich bis an meine selig Ende und ewiglich". Als das Gespräch mit dem Pastor der evangelisch lutherischen Kirche vor der Beerdigung stattfand, wollte Emmi diese Lied auf keinen Fall. Sie wusste, dass sie dann während der ganzen Trauerfeier in der Friedhofskapelle weinen würde. Emmi hätte gerne eine Messe vor der Beerdigung gehabt. Aber sie traute sich nicht zu fragen. Sie war ja römisch katholisch und stammte aus einen kleinen Dorf. Dort war es so üblich, dass erst eine Messe gehalten wurde und dann ging es direkt zum Grab.

Der Friedhof war neben der Kirche und der Leichnam wurde in der Friedhofskapelle nur aufgebahrt. So wollte sie es eigentlich auch für Ulrich haben.

Ein paar Tage nach der Beerdigung fing Emmi an aufzuräumen. Es musste alles weg was sie erinnerte. Die Pflegematratze, der Nachtstuhl, alles was zur Pflege im Haus war ließ Emmi abholen. Die Sachen waren war nur fünf Tage im Haus. Montags kam Ulrich von der Palliativstation nach Hause. Am Donnerstag Nachmittag ist er schon gestorben.

Dann packte sie seine Kleidung in Säcke. Nur was noch sehr gut war, sammelte sie für Menschen, die Bedarf hatten. Sie konnte es nicht ertragen, den Schrank aufzumachen und seine Kleidung zu sehen.

Aber Emmi entschloss sich, ihr gemeinsames Leben in einem Album festzuhalten. Sie suchte alte Fotos aus und ließ sie digitalisieren. Danach entstanden 2 große Alben. Emmi nannte sie:"Erinnerungen" und „Fotobuch der Familie".

Dann begann sie sein Diensthandy nach persönlichen Nachrichten zu durchsuchen. Sie schrieb sie alle ab und gestaltete ein Sterbezeitung. Wenn sie schrieb musste sie weinen. Es kam alles wieder hoch.

Zu Anfang, wenn Emmi zum Friedhof ging, sah Emmi ihren Mann da unten im Grab liegen, weinte und betete.

Es war Januar und kalt und Emmi konnte es nicht haben, dass ihr Mann da draußen in der Kälte liegen musste.

Abends, wenn Emmi auf der Couch saß, sprach sie mit ihrem Mann und weinte. Er saß in Gedanken neben ihr und sie klagte: „Warum hast du mich alleine gelassen". Eigentlich hätte sie froh sein können, dass sie endlich Frieden hat.

Es war sehr schwer alleine zu sein. Mit der Trauer kam dann auch irgendwann Wut. Emmi wurde klar, wie sehr sie sich auch alles gefallen lassen hatte. Sie hatte ihr ganzes Leben für ihn geändert und keine Freundschaften mit anderen geschlossen. Das war ja auch nicht so einfach mit ihm. Sie musste immer für ihn da sein und hatte ihr niemals diese Rechte erlaubt, die er sich genommen hatte. Er führte ja nach außen ein Doppelleben. Emmi vereinsamte an seiner Seite.

Drei Jahre später, denkt sie ganz anders über ihre Ehe. Sie hätte ihren Mann nicht verlassen damals, weil sie es nicht konnte. Sie hatte Angst alleine zu sein und kein Geld. Außerdem hing sie an ihren Kindern.

Heute denkt sie, wäre sie nicht schon viel früher gegangen. Wenn die Kinder nicht da gewesen wären, hätte sie das auch gemacht. Ihr Leben wäre sicherlich anders verlaufen.

Er hat sie ausgesaugt, benutzt und gedemütigt aber auch geliebt. Emmi hat ihm vieles verziehen und auf seine Kindheit und sein Elternhaus geschoben. Irgendetwas musste er erlebt haben, dass ihn so verändert hatte. Sein Vater war Alkoholiker und seine Mutter eine Frau, die nur in der Küche saß und ständig Besuch hatte und quatschte. Er hat nicht das Glück einer Mutter gehabt, die sich um ihn kümmerte,. Sie kümmerte sich um sich. Das kann auch ein Grund sein, warum sein Vater getrunken hat. Sie konnte nicht auf ihn eingehen. Ulrich, hatte eine Panik davor, wenn Emmi dick werden würde. Er sah immer seine fette Mutter vor sich. Wenn seine Mutter getrunken hat, hat sie sich immer völlig besoffen. Auch das konnte Ulrich bei Emmi nicht leiden. Er wurde dann aggressiv. Sein Vater hat ihn einmal so stark geschlagen, dass er gegen die Wand flog und sich verletzte. Das waren wahrscheinlich schon Folgen des jahrelangen Alkoholkonsums des Vaters. Es spricht schon für sich, das eine Mutter, wenn sie merkt, dass ihr Kind absackt in der Schule, sich nicht kümmert. Er hatte nur einen Hauptschulabschluss. Sie war dazu nicht in der Lage. Sein mittlerer Bruder hatte nicht einmal die Hauptschulreife.

Er ist in 8. Klasse von der Realschule geflogen. Der kleine Bruder hat die Hauptschulreife mit Mühe und Not geschafft. Sie haben sich aber später weiter entwickelt mit Hilfe ihrer Frauen. Ohne die Ehefrauen hätten sie nie die beruflichen Ziele erreicht.

Ulrich hatte zwei Gesichter. Einerseits konnte er sehr liebevoll und fürsorgend sein. Er war immer sofort für sie da. Andererseits lebte er nach außen ein eigenes Leben. Er brauchte Bewunderung und Anerkennung, ging gerne aus, gestaltete gerne große Feste und stand im Mittelpunkt und hielt Reden vor vielen Menschen. Das machte im Spaß. Emmi weiß bis heute nicht, ob er sie betrogen hat. Sie hat ihn oft gefragt. Das hätte er sich auch nie getraut zu erzählen, denn Emmi war nicht so tolerant. Sie hätte ihn sofort verlassen.

Im Februar ist Emmi nach Juist gefahren. Das war jetzt wichtig. Raus aus dem Haus. Sie plante, das Haus zu verkaufen oder zu vermieten. Auf keinen Fall wollte sie in dem Haus, dass ihr ganzes Leben zerstört hat, samt den Menschen, die ihr das Leben schwer gemacht haben, behalten. Sie wollte endlich glücklich sein und alles hinter sich lassen. Juist war zu ihrem Rettungsanker geworden, ihre zweite Heimat.

Emmi liebte die Ruhe und lief gerne stundenlang am Wasser entlang. Dann musste sie auch nicht über Probleme nachdenken. Sie konnte einfach das Rauschen des Meeres hören, den Wind spüren, den feinen Sand unter den Füßen. Herrlich!

Schon im Zug fiel ihr eine Frau auf, die auf ihren Tolino blickte und las. Emmi dachte, die ist wie du und lässt sich von nichts beeindrucken. Auf der Fähre nach Juist saß sie ihr genau gegenüber. Emmi war sehr zurückhaltend und Elisabeth auch, aber es kam ein kleines Gespräch zustande. Sie versprachen sich gegenseitig mal einen Kaffee zusammen zu trinken, denn beide waren alleine. Am zweiten Tag ging Emmi zur Küchenwerkstatt, um einen Tee zu trinken. Dort saß Elisabeth und es kam ein tolles Gespräch zu stande. Sie hatten sich so viel zu erzählen und hätten noch Stunden sitzen bleiben können. Emmi und Elisabeth blieben in Kontakt. Sie trafen sich auch noch einmal auf Juist und schreiben sich noch heute. Elisabeth ist sehr schwer erkrankt und kann schlecht schreiben. Sie hatte eine Hirnblutung.

Zu Hause angekommen nahm Emmi den Hausverkauf in Angriff. Sie bestellte einen Makler. Doch dann war sie sich nicht mehr sicher. Es ging ihr alles zu schnell. Sie widerrief den Maklervertrag in der vorgeschriebenen Frist. Plötzlich kam über Bekannte von Schwiegermutter ein Interessent, der das Haus unbedingt kaufen wollte. Emmi stimmte zu , konnte aber noch keine Zeit festlegen. Sie sagte eventuell zum ersten Juni zu. Sie wollte eine Mietwohnung nehmen, um Zeit zu gewinnen. Ihre Schwiegermutter machte ihr die Entscheidung schwer. Irgendwie konnte sie es auch nicht über das Herz bringen. Desiree, ihre Tochter sagte am Telefon: „Du bist genau wie Papa. Der hat es auch nie geschafft auszuziehen, obwohl er merkte, dass seine Ehe deswegen zerbrach". Emmi bekam schweres Herzrasen durch das Hin und Her. Desiree kam und bestellte einen Notarzt. Das EKG wies Zeichen eines Infarktes auf. Das war um 20.00 Uhr. Emmi kam ins Krankenhaus. Erst am nächsten Morgen kam ihr Herz wieder in den Sinusrhythmus. Es wurde eine Herzkatheteruntersuchung gemacht, aber kein Verschluss der Herzkranzgefäße festgestellt. Die Herzenzyme waren aber erhöht wie beim Herzinfarkt.

Es war ein Broken Heart Syndrom. Aber Emmi hatte auch Vorhofflimmern. Emmi bat um eine Kyroablation um weitere Anfälle zu verhindern und die Häufigkeit auch zu reduzieren. Im Juni war der Termin. Dabei kam es zum Herzstillstand und der Nerv, der das Zwerchfell versorgt (Nervus Phrenicus) wurde verletzt. Emmi kam auf die kardiologische Intensivstation. Am nächsten Tag wurde sie zurück auf die normale Station verlegt. Sie hatte zwar noch einen Rechtsschenkelblock, der sich aber am nächsten Tag legte. Emmi wurde nach fünf Tagen entlassen. Es ging ihr nicht gut. Sie hatte starke Luftnot beim Treppen steigen und war nicht belastbar.

In der Zwischenzeit ist es doch zum Hausverkauf gekommen. Ihre Schwiegermutter wurde mit Unterstützung ihres Schwagers in ein betreutes Wohnen verlegt. Sie wurde in diesem Jahr 90 Jahre alt. Die neuen Hauskäufer boten ihr an, dass die alte Dame dort zur Miete wohnen bleiben könnte. Aber das wollte ihre Schwägerin und Ihr Schwager nicht. Sie bestanden auf ein betreutes Wohnen. Der Termin für den Hausverkauf war der 01.06. Da es aber noch Probleme mit dem Erbschein seitens ihrer Kinder gab, war das noch nicht sicher.

Emmi und Dominik wollten den Verzicht ihres Erbes nicht zustimmen. Sie wollten nicht, dass Emmi vorübergehend in eine Ferienwohnung zog. Emmi sollte weiter den Hauskredit tilgen damit mehr Eigenkapitel für eine Eigentumswohnung vorhanden wäre. Dann überlegten sie es sich doch anders, denn beim Pflichtteil wäre für sie nicht viel übrig geblieben. Außerdem war ja schon dem Kauf einer Eigentumswohnung zugestimmt und notariell besiegelt worden. Es war eine teure Eigentumswohnung. Es würde dann mehr Erbe für ihre Kinder bleiben. Emmi musste die Wohnung abbezahlen, damit die Kinder mehr erben konnten.

Eine Wohnung war gefunden für Emmis Schwiegermutter in einem Haus für betreutes Wohnen und zum 01. Juni angemietet. Auch das Umzugsunternehmen war zu diesem Termin beauftragt. Der Hausverkauf fand notariell statt, aber die Einzugstermin der neuen Besitzer würde erst zum 30. September stattfinden. Dann war Emmis neue Wohnung bezugsfertig laut Kaufvertrag. Emmi teilte ihrem Schwager mit, dass sie erst zum 30 September ausziehen würde. Die Kinder würden sonst den Erbschein nicht unterschreiben.

Emmi wollte aber, dass ihre Schwiegermutter schon zum 01.06. auszog und bestand darauf. Sie konnte immer noch in die Ferienwohnung ziehen. Auf einmal kam ihr Schwager damit, dass der Auszug nicht pünktlich klappen würde. Die Wohnung von seiner Mutter wäre frisch gestrichen worden, der Einzug müsste verschoben werden um eine Woche. Er hat die veränderte Situation gleich für sich ausgenutzt, denn er hatte an diesem Wochenende etwas vor. Dabei berücksichtigte er nicht die psychische Situation seiner Mutter. Es ging ihr vom Herzen her sehr schlecht durch den Stress. Emmi hatte Angst, dass sie sterben würde. Sie rief Emmi in ihrer Wohnng oben an und wollte sich vergewissern, ob sie da wäre. Sie hatte Angst.

Emmi war verärgert, dass man ihr diese Situation zumutete und einfach wegfuhr. Der zweite Schwager, der jüngste Bruder von Ulrich war wohl angereist und wohnte bei seiner Freundin, die vor Ort wohnte. Somit wäre ja jemand erreichbar. Aber anscheinend schien ihre Schwiegermutter damit nicht glücklich zu sein. Sonst hätte sie nicht oben bei Emmi angerufen. Es klang wie ein Hilfeschrei.

Emmi fuhr zu dem Haus, wo ihre Schwiegermutter untergebracht werden sollte und fragte ob die Wohnung nicht bezugsfertig wäre. Das wurde verneint. Die Wohnung wäre zum Einzug fertig. Emmi fuhr nach Hause und fühlte sich benutzt ohne Rücksicht auf Ihre angeschlagene psychische Verfassung. Ihr Schwager wusste, dass Emmi auf keinen Fall dort mehr wohnen möchte und sich auch nicht um ihre Schwiegermutter kümmern möchte. Das hatte sie mehrfach betont. Ulrich und Emmi hatten auch schon öfter versucht, auszuziehen und ein Haus oder eine Wohnung zu kaufen. Da ihre Schwiegermutter sehr schwerhörig war hatte sie immer den Lautsprecher am Telefon an. Wenn Emmi auf dem Flur stand konnte sie die Gespräche mühelos mithören. Sie hörte wie sich ihre Schwiegermutter bei ihrer Schwägerin beklagte, dass Emmi und Ulrich ausziehen wollten und auch schon ein Haus gefunden hatten. Sie hörte wie Emmis Schwägerin sagte: „Lass dir das auf keinen Fall gefallen." Sie machte durch ihr Verhalten Emmis Situation sehr schwierig und Emmi empfand das als Hetzen gegen sich.

So war das Verhalten ihrer Schwägerin und ihres Schwager die ganzen 29 Jahre, die Emmi und Ulrich in diesem Haus wohnten.

Die Situation explodierte. Emmi schrieb ihrem Schwager eine Nachricht über ihr Handy. Sie fand es unmöglich, dass man ihr ihre Schwiegermutter in der jetzigen Situation überließ. Sie könnte sterben. Warum sie nicht in eine Verhinderungspflege gegeben wurde? Emmis Schwiegermutter war seit 15 Jahren ein Pflegefall mit der Pflegestufe 3 und Emmis Schwager war Pflegebeauftragter. Emmi betonte, dass sie den beiden Brüdern ihres Mannes, die Möglichkeit zum Abschied nehmen gegeben hatte auf der Palliativstation, obwohl Ulrich zu dem Zeitpunkt dazu nicht in der Lage war. Er stand unter dem Einfluss von Morphin und kurz vor dem Leberversagen. Diese Besuche hat er nur am Rande mitbekommen und sie hatten für ihn auch nicht den Wert. Er war sehr enttäuscht über das Verhalten seines mittleren Bruders zu seiner Familie. Zu Anlässen in seiner Familie zum Beispiel seiner Silberhochzeit, die Hochzeit seiner Tochter, lud er die Freundinnen seiner Frau ein seinen jüngeren Bruder, der getrennt von seiner Frau lebte aber nicht seinen älteren Bruder.

Er wollte nur von seinen besten Freunden auf der Palliativstation Abschied nehmen. Sonst wollte er keinen sehen. Nur Emmi musste Tag und Nacht bei ihm bleiben. Sonst wäre er sofort wieder nach Hause gegangen.

Emmi beklagte sich über das Hetzen ihrer Schwägerin gegen sich und ihren Schwager und betonte, dass sie nicht verstand, dass ihr diese Situation zugemutete wurde, weil sie sich psychisch in einer Ausnahmesituation nach dem Tod ihres Mannes befand. Sie schrieb auch, dass sie nach dem Auszug von Schwiegermutter die sofortige Abgabe der Hausschlüssel verlangte sonst würde sie das Schloss austauschen lassen. Sie wollte keinen mehr sehen und fühlte sich bedroht. Ihr Schwager schrieb zurück, dass es jetzt das Ende ihrer Beziehung wäre. Er würde sich das Verhältnis zu seinem Bruder nicht durch Emmi schlecht reden lassen. Die Schlüssel würde rechtzeitig abgegeben. Sein Verhältnis zu Ihr wäre jetzt beendet.

Ihr kleinerer Schwager echote dann auch gleich per WhatsApp, das er seinen Justiziar befragt hätte und dass Emmi erst einmal zahlen müsse. Er würde nötigenfalls das Schloss aufbrechen lassen. Emmi antwortete, dass weiterer Kontakt nur noch über ihre Anwältin erfolgen würde.

Sie fühlte sich bedroht. Ihre Schwiegermutter hatte verbrieftes Wohnrecht aber keine notariell beglaubigtes. Emmi hatte schon im Vorfeld mit ihrer Rechtsanwältin, die Rechtsanwältin für Miet- und Wohneigentumsrecht war, den Hausverkauf abgeklärt. Ihre Rechtsanwältin hatte zuvor auch ihrer Schwiegermutter ein Schreiben geschickt, dass sie kein Wohnrecht hätte.

Das Kapitel war nun erledigt aber die Wunden waren da. Emmi nahm zunächst die geplante Kyroablation der Pulmonalvenen wegen ihres Vorhofflimmerns in einem Herzzentrum vor. Danach ging es Emmi nicht gut. Das Haus musste langsam geräumt werden. Emmi fing an zu sortieren und zu packen. Möbel, die sie nicht mehr brauchte verschenkte oder verkaufte sie. Ebenso Gegenstände aus dem Keller. Die Garage ließ sie von einer Firma entrümpeln.

Dann war der Umzugstermin gekommen. Die Wohnung war aber noch nicht einzugsfertig zum Termin laut Kaufvertrag. Emmi nahm mit der Baufirma Kontakt auf und bestand auf ihr Einzugsrecht laut Kaufvertrag bestanden. Ihre Wohnung wurde vorgezogen. Der Umzugstermin wurde mit Uhrzeit vom Bauleiter bestätigt. Der Flur und das Treppenhaus waren aber nicht begehbar als das Umzugsunternehmen kam.

Der Inhaber der Umzugsfirma wollte nicht abladen. Er sah seine Mitarbeiter gefährdet. Auf dem Flur lagen in Rohre vom Fahrstuhleinbau und die Maler hatten überall Folie und Farbeimer stehen. Emmi rief den Bauleiter an. Der Inhaber der Umzugsfirma sprach mit dem Bauleiter, dass er so auf keinen Fall abladen könne und Emmi die Einlagerung der Möbel und die verlorenen Stunden der Baufirma in Rechnung stellen könnte. Auf einmal rückten alle Maler und Arbeiter ab und räumten das Treppenhaus und es konnte abgeladen werden. Im Vorfeld betonte der Inhaber der Umzugsfirma, dass er keine Rechnung stellen würde sondern sofortige Bezahlung in bar verlangen würde. Der Preis war sehr hoch. Emmi war fertig und froh als alles vorüber war. Die Baufirma hatte ihr im Vorfeld auf Grund der desolaten Situation für eine Woche ein Hotelzimmer angeboten, denn die Wohnung war noch nicht bewohnbar.

Emmi hatte nach dem Umzug lange Schmerzen unter dem rechtem Schulterblatt. Sie konnte in der Kirche nicht lange stehen und musste sich hinsetzen. Der Bezug zur Kirche war für Emmi in der ersten Zeit der Trauer sehr wichtig. Sie hat oft für Ulrich gebetet und gehofft, dass sie ihn im Himmel wiedersieht.

Dann konnte sie sich vielleicht gegenseitig verzeihen und ewigen Frieden zusammen finden. Emmi hat während des Gottesdienstes fast jedes mal geweint und auch am Friedhof hat sie gebetet und geweint. Die Trauer hat sie sehr verändert. Sie konnte sich schwer konzentrieren und auch in Sportgruppen konnte sie nicht sein. Es wurde ihr alles zu viel. Aber sie hat Kontakt gesucht um nicht alleine zu sein. Sie ging in eine Tanzgruppe und schloss sich Frauengruppen an. Auch Yogakurse machten ihr Freude. Da konnte sie für sich selber entscheiden wo ihre Grenzen waren und es war ein langsamer Sport mit Entspannungseinheiten. Im ADFC hat sie mit Radtouren angefangen. Aber die meisten Teilnehmer hatten ein E-Bike. Emmi lehnte ein E-Bike ab, weil sie Blutgerinnungshemmer einnehmen musste und einen Sturz fürchtete.

Angekommen ist sie in ihrer neuen Wohnung erst nach 3 Jahren. Da begann auch die Trauer weniger zu werden. Emmi musste nicht mehr so schnell weinen und konnte auch am Friedhof vorbei fahren, ohne Ulrich jedes mal besuchen zu müssen. Sie brachte ihm aber jedes Wochenende eine Kerze und fand es schön, dass es diesen Ort der Trauer gab. Sie hätte sich niemals für eine Verbrennung entschieden.

Es war für sie nicht christlich. Sie brauchte den Ort der Trauer und sie glaubte an des ewige Leben. Langsam konnte Emmi auch dem alleine sein klar. Sie bemerkte, dass es ihr gut tat. Sie hatte ein selbstbestimmtes Leben und konnte endlich wieder nachts durchschlafen, was sie in der seit mit Ulrich nicht mehr konnte.

Emmis zweite Heimat ist Juist geblieben. Sie konnte nur nicht lange bleiben, weil sie nicht gerne alleine was essen ging. Sie vermisste die gemeinsame Zeit mit Ulrich auf Juist. Er war ihr Beschützer und Ehemann, den sie innerlich für immer lieben würde über seinen Tod hinaus.

Beim Hausverkauf gab es nicht nur Probleme mit den Kindern sondern im Hintergrund gab es auch Ärger mit Emmis Schwiegersohn. Bei der Finanzierung der neuen Eigentumswohnung waren Desiree und Tom, Emmis Schwiedersohn dabei. Emmi kamen aber noch Zweifel auf. Sie wollte gerne eine Finanzierung über 10 Jahre und danach verkaufen oder eine über 20 Jahre über die Bausparkasse und danach ist alles bezahlt. Emmi ließ sich diesbezüglich beraten. Dann rief Tom an und wies sie am Telefon zurecht, sie könne ihren Bankberater nicht so lange warten lassen, denn der bekäme schließlich Provision. Sie müsse jetzt zusagen. Emmi war verärgert.

Sie fand die Einmischung ihres Schwiegersohnes generell in ihr finanzielles Leben unmöglich. Sie wollte wegen der finanziellen Belastung die Sparbücher ihrer Enkelkinder nicht weiterführen. Auch da mischte er sich ein und rief sie an, sie solle den Enkelkinder nichts zwischendurch kaufen und die Sparbücher weiter führen. Er bedrängte sie zum zweiten Mal. Emmi blieb bei ihrem Entschluss und beendete die Sparbücher. Sie ließ sich nicht mehr in finanziellen Entscheidungen einreden. Dann fing Desiree an sich mit Dominik zu verbünden. Denn Dominiks Wünsche hatte Emmi nach Ulrichs Tod auch nicht mehr erfüllt. Sie kündigte den Handyvertrag, den Ulrich für Dominik abgeschlossen hatte. Er lief auf Ulrichs Namen. Dominik war verärgert, dass Emmi nicht bereit war, den Vertrag zu übernehmen. Er war so böse, dass er die Haustür zuflog und sie in Scherben zerbrach. Emmi wollte endlich für nichts mehr verantwortlich sein. Dominik musste lernen, auf eigenen Füßen zu stehen. Er hätte auch gerne gehabt, dass Emmi immer für ihn mittags gekocht hätte.

Er arbeitete in der Nähe. Aber er war verheiratet. Seine Frau arbeitete morgens nicht. Sie hätte Zeit genug, für ihren Mann zu kochen. Emmi lehnte ab.

Sie hätte ihr Leben lang für ihren Mann zeitlich zur Verfügung stehen müssen.

Er wäre jetzt Erwachsen und verheiratet. Emmi fand, sie braucht nicht mehr für ihn zu Sorgen.

Emmi bekam Angst vor Desiree. Emmi fand das Verhalten von Desiree sehr schlimm. Desiree blockierte ihr Telefon zu Hause. Emmi konnte nicht mehr anrufen. Emmi hatte beiden Kindern im guten Glauben den Hausschlüssen gegeben. Nach den Vorfällen wollte sie die Schlüssel zurück. Desiree gab ihr trotz brieflicher Anfrage die Schlüssel nicht zurück. Emmi entschloss sich das Türschloss auszutauschen und ging in den Rechtschutz. Sie musste sich schützen.

Psychisch ging es Emmi jetzt sehr schlecht. Ihr fielen die Haare aus. Sie war sehr einsam, weil sie keinen Kontakt zu ihren Enkelkindern hatte und von Desiree blockiert wurde. Es kam keiner zu ihrem Geburtstag und sie wurde nicht zum Kindergeburtstag eingeladen. Noch mehr weh tat es Emmi, dass ihre eigene Tochter ihre Schwiegermutter, die ihr das Leben ein Leben lang schwer gemacht hatte, jeden Sonntag mit ihren Enkelkindern besuchte. Das dauerte ein Jahr. Emmi war ganz alleine. Der Einzige, der sich immer um Emmi gekümmert hat, war Dominik.

Vor drei Jahren ist Ulrich gestorben.

Emmi hat sich nicht mehr erniedrigen lassen auch nicht von ihren Kindern. Ihre Kinder haben das Verhalten von Ulrich die ganzen Jahre mit bekommen und versuchten es mit Emmi so fortzuführen. Aber Emmi lässt sich nicht mehr erniedrigen. Dominik würde das auch niemals tun. Er hat selber spüren müssen, wie es ist, von Anderen erniedrigt zu werden wegen seiner Spielsucht.

Emmi geht es jetzt besser. Sie hat zum ersten Mal den Geburtstag ihres verstorbenen Mannes vergessen.

Zum Buch

Die Beweggründe, dieses Buch zu schreiben waren, dass es nie vergessen wird. Die Geschichte hat das Leben von Emmi so geprägt und sie hat es nicht geschafft, sich zu befreien. Emmi konnte nicht alleine sein. Dafür hat sie sich demütigen und erniedrigen lassen. Sie hat ihre Kinder sehr geliebt, mehr als ihr eigenes Leben. Finanzielle Gründe spielten eine große Rolle. Irgendwann hat sie den Absprung verpasst und beruflich keine Möglichkeiten mehr gehabt, sich zu entwickeln. Sie hat zu-mindestens versucht, ihre finanzielle Unabhängigkeit zu bewahren mit einem hohen Preis.

Es sind Zeilen zum Nachdenken und ich glaube, dass es vielen Frauen so geht, vielleicht nicht so extrem.